DANCING THROUGH THE TIME

趁，此身未老

阿Sam

著

湖南文艺出版社
HUNAN LITERATURE AND ART PUBLISHING HOUSE
博集天卷
CS-BOOKY

0

我们都是
时光里
微弱的光

最近因为新书和琐碎的工作频繁在飞行，穿行在不同的城市间，遇到很多熟悉又陌生的朋友。失眠的夜晚经常要熬到晨光熹微才能慢慢入睡，窗帘外是陪伴着我的最大密度的寂寞的蓝。

醒来的时候外面刚好下了一场雨，海岛的天气每天都会有很多的变化，早上还是阳光灿烂，下午就忽然大雨倾盆，鸟躲在屋檐下避雨，山谷的云早已被风吹散了。你学会安静地聆听，观察植物的颜色、四季的变化，哪怕是细小的，都是我们曾经忽视的生活瞬间。这些变化并不是一朝一夕完成的，像是这午后的一场雨，自然而有规律地发生，也悄无声息地影响过我们的生命。

很多人问我，从第一本书到现在最大的改变是什么？

《趁，此身未老》是我 30 岁前写的最后一本书，说起来似乎有些悲伤，可我至今并没有因为我的老去而感到悲伤，就像岁月中那些消失的朋友、脸庞多出的皱纹、慢慢变胖的身躯和眼睛里微微的血丝，一切都自然地、丰满地、幸福地进行下去。

写完第一本书《去，你的旅行》后我和同居一年的爱人分了手，人在低潮的时候创作欲望格外强烈，我们因为爱而害怕爱，因为想要温暖而害怕索取温暖的途径，人年纪越大胆子越小，也更无聊。

我时常在想，什么样的人可以一直对生活充满激情又彼此相爱到老到死？还是最后将我们彼此的热情都磨灭了？

有一些朋友相识多年分分合合，最终走在一起，可是也许在一起太久了，会忘了纪念日，从来不过情人节，各自出差各自创业，已经忘了上一次什么时候一起吃饭，接吻是什么感觉，不知道彼此出差的时间，几乎不参加彼此的聚会，偶尔旅行也不过是换一个地方各自喝酒或者看着自己迷恋的网络小说。

午后三点的上海有台风雨，好朋友和我说着这一切的时候，很像是这台风的味道，湿润中夹杂着一些腥味，真的要这样生活一辈子吗？如果生活只是我们想象的样子，在老去之前我们还有什么可以做的？甚至我偶尔会怀疑所谓幸福是不是也是我们想象的。

或者是我们对这辈子的幸福感寄望过高，生活越真实越让你觉得麻木，多少的情侣和夫妻说那就这样过吧！其实我们谁也没有想好以更好的方式来决定自己的生活。

过去好多年，书中写过的那些朋友到底有什么变化呢？也许别人的生活可以给我很多灵感。

水瓶座的林先生搬到了我家附近，虽然是邻居，可是见面次数并不多。他有了新的家庭，幸福地生活在一起，说了很多年换工作，在今年如愿了，除了胖了一些，似乎没有什么烦恼。

双鱼座的刘同拍完自己的电影后忙着拍电视剧，我们见面也不多。这几年里我们最怀念的还是一起去巴黎的一段旅行，每天逛博物馆、喝酒聊天，不用想工作也不想管未来，短暂却美好。

狮子座的张医生前几年在美国结婚了，幸福美满。我和澳大利亚的 Jimmy 去波士顿参加了他的婚礼，被感动得全场落泪。虽然包括我自己在内都说对婚姻没有太多期许，但在婚礼现场看着身边好朋友的儿子奔跑跳闹，红扑扑的脸蛋，依然有理由相信我们应该有幸福的样子。

射手座的小黄瓜和爱人一起从深圳搬家来了上海，我一直很怀念他们之前租在克莱门公寓的房子，穿过一个弄堂笔直往前走，上到二楼右拐，"吱呀吱呀"的腐朽木地板有着岁月的样子和味道，潮湿又沉闷，很像雨季的上海。公寓推开门有一个客厅，里面摆放着他们从深圳运过来的家具和各种世界各地收获的小纪念品，阳光好的时候会透过窗户照满整个厨房，偶尔我们买了小龙虾和酒会去他们家聚会，办派对，这是我们曾经想要的生活。后来他们买了新房子，装潢依然美而有品位，可是身边来来往往的人却不知不觉走散了。

还有天秤座的王羽西。如果说这个世界上有消失的朋友，她算第二个，不做艺人经纪后，还和我在北京吃过几次饭，后来就没了消息。她是那种隐忍的女孩子，开心挂脸上，不开心藏心里，和我一样敏感又细腻。我曾经想也许她回东北嫁了一个好人平平淡淡地生活也很好，虽然我们再也无法像年少时和一群朋友喝醉了酒在紫禁城边的路灯下大声唱歌奔跑，可是我们骨子里依然希望时光慢一点，再慢一点。

今年在东北做新书分享会，我甚至还在幻想着如果她带着小朋友坐在下面听我讲座，我会不会哽咽？当然，这一切都是我自己的想象。

　　生活就是用来想象的吧！就像是这"生"和"身"的区别，生在人世间用身体去感受这世间万物的美好和丑陋。

　　以前总是喜欢雨天，因为不管是阴雨还是大雨总是很高级，蓝色的海因为大雨会变成深蓝色或黑色，夏天的植物也会因为雨水有着失真的美好。
　　现在更喜欢阳光，因为你会发现灰尘在空气里慢慢飞舞，每一颗灰尘都像是我们自己一样，在人世间随波逐流，谁也不知道自己下一站到底会在哪里。

　　不过，起码我知道，要趁此身未老再去爱几次，受几次伤，做几件疯狂的事情，哪怕失败也无所谓，起码年老时有故事可以回忆。

　　那些年少的、疯狂的、爱过的，都不值一提，唯有青春是我们留不住的最珍贵的美好。

2018 年 6 月 21 日 香港机场

Dancing

Through

The

Time

趁 ， 此 身 未 老

目录

Contents

东奔西跑穿山水：
旅行，一个人的小自由

**Chapter
01**

C · o n t e n t s

度日月：阳光照进记忆里
Chapter
02

无关纪念
Chapter
03

Dancing

Through

The

Time

趁 ， 此 身 未 老

CARROLL AND MILTON PETRIE
EUROPEAN SCULPTURE COURT

趁 ， 此 身 未 老

狐朋狗友

Chapter 04

小杂碎们

Chapter 05

C　　o　　n　　t　　e　　n　　t　　s

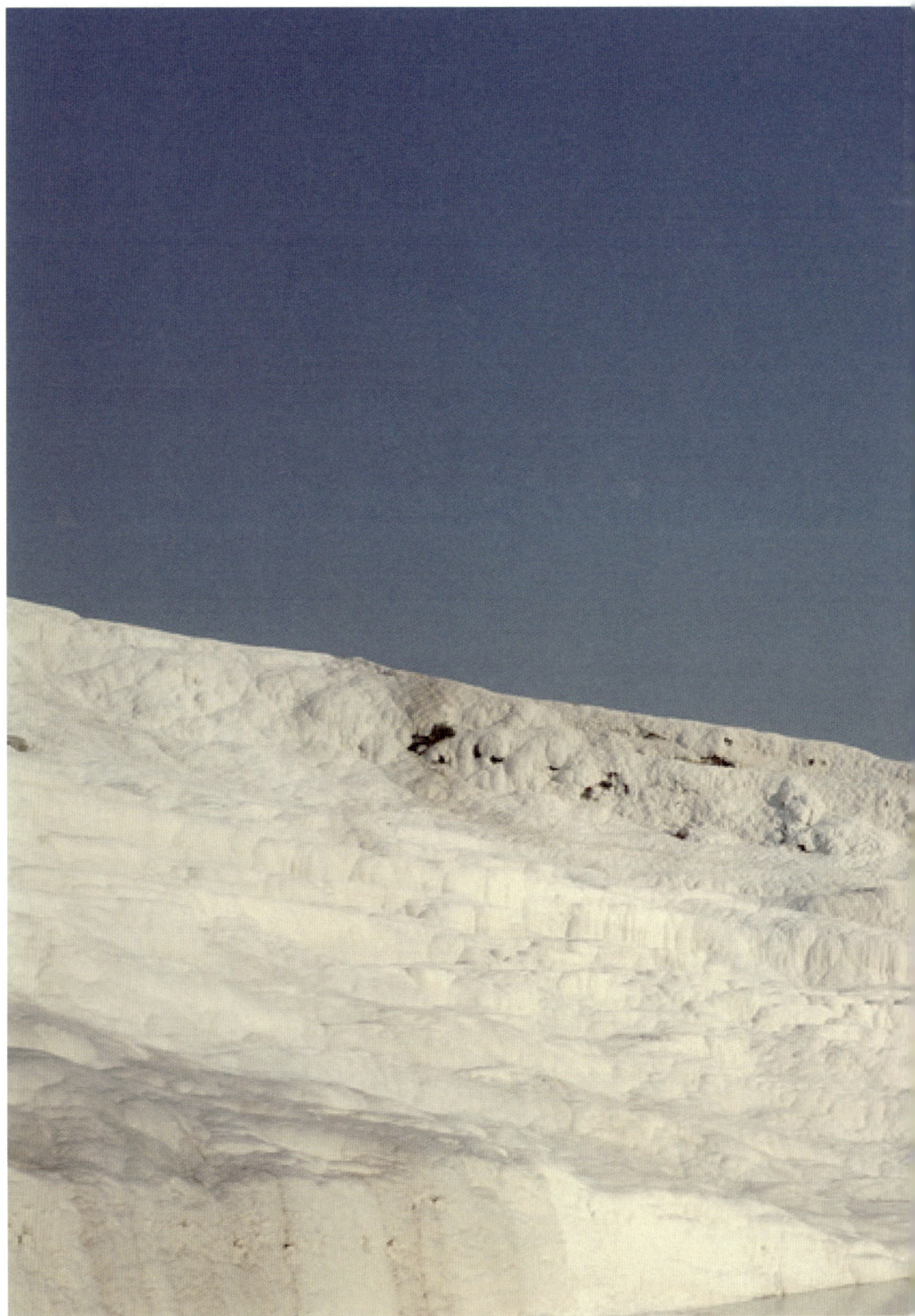

东奔西跑穿
山水：
旅行，一个
人的小自由

Dancing Through The Time

趁　　，　　此　　　身　　　未　　　老

纽约
每个人心中都有一座欲望都市

爱一座城市有时候可能不是因为某一个人，而仅仅是因为一部电视剧、一张唱片又或者一场没有目的的旅行，在城市的夕阳即将被大海带走的那一刻，我像是做了一场梦，然后就跳到了梦境里。

在抵达美国之前我脑子里闪过一个问题，我爱伦敦还是纽约？在经过了一秒钟的思考后，我脱口而出的答案是：纽约！如果问起你身边任何一个朋友喜欢什么国外电视剧或者电影，他们一定会如数家珍地说出一大堆来，而在这么多选择里有多少人和我一样喜欢一部长达 10 年，经久不衰的电视剧 *Sex and the City*（《欲望都市》），四个女人与一座城市，她们生活在曼哈顿。

1998 年 6 月 6 日，大部分的美国人都过着一个平淡的周末，单身的人没有出去参加派对，买了酒独自在家打开电视机观看美国 HBO 电视台。在一阵嘈杂声中，一个拿着香烟的短裙女生穿过街头去打车，大大的公交车车牌从她身后晃过，这位叫 Carrie Bradshaw（凯莉·布雷萧）的女人以在各大报纸写专栏为生。在纽约这座偌大的城市里遇见不同的人，她们相爱又离别，和四个好朋友成就了一台戏。

　　而我在长达 15 个小时的飞行后，从快脱水的机舱里出来时，整个人已经有点神志不清了。提着大箱子打车去旅馆，晚上 8 点半的纽约刚刚下过一场雨，黄色出租车被雨水冲刷一新，靠在窗户边，雨滴模糊了窗外本应绚烂的夜景。出租车司机问我去哪里，我说："曼哈顿！"

　　出租车快速行驶在高速公路上，不到 25 分钟就已经驶入了市区，所有的电视剧情节开始接连不断地变得立体起来，看不到顶的高楼大厦，忙碌疾驰的黄色出租车，贴满广告招牌的公交车擦身而过。灯火通明的曼哈顿还没有容我想得更多，车子已经停到了位于 52 街的酒店前，司机很礼貌地对我说了一句："Welcome to New York City（欢迎来到纽约）！"

　　已经很久没有飞过这么长时间了，到了酒店疲惫不堪。8 月的纽约极其炎热，出去寻找一点吃的，买了水和面包，然后倒头昏睡过去。因为时差经常醒过来，看看表，深夜 2 点，头晕口渴，找水喝的时候发现外面又下起了雨，打开了 iPod（便携式数字多媒体播放器）里的歌，约翰·列侬的老歌在房间里盘桓。打算出门走走，看看深夜 2 点 27 分的纽约，路边只见到寂寥的黄色出租车和无家可归的醉汉，还好是在曼哈顿，如果是在布鲁克林，我应该没有勇气深夜独自出门吧。

去便利店买了一罐啤酒，伴随着剧烈的头疼喝下。我很喜欢淋雨的感觉，尤其是夏天的时候，小雨刚好，慢悠悠地走在街头，霓虹灯倒映在地面的积水里，伴随着耳朵里音乐的节拍和雨点的声音，倒影被一点点打碎。

再睁眼已经是清晨 7 点，推开窗户后整个人才从昏迷中清醒过来，阳光把对面楼层照得光亮，不同的颜色让天空和高楼也成了风景。旅行就是这样，无论路途多么辛苦，但每当早上起来打开窗户，发现身在一座全新陌生的城市，便会完全兴奋起来。

无计划的旅行

并没有做旅行计划，因为就是想在这座城市里走走，于是从酒店步行至 MoMA（The Museum of Modern Art，现代艺术博物馆）。

纽约，这座拥有着大量移民的城市，如果你要问我为什么喜欢纽约多过伦敦，我会告诉你，在这里有最宽广的自由度和最有想象力的艺术创意。纽约乃至全美都是完全开放式的平台，只要你有才华、够胆量，你便能够在这里生存。全球众多的媒体、创意、金融都深深受到这座城市的影响，这个世界最重要的现代艺术博物馆之一——MoMA 不仅仅拥有凡·高、莫奈、毕加索、安迪·沃霍尔大量的作品，艺术馆本身的建筑地位也是举足轻重，在曾经是下东区不算太好的地段，由设计师谷口吉生将所在的艺术馆博物馆改造成了更适合纽约人生活娱乐的地方。即使你完全不懂艺术，也可以来这里的中心花园买上一杯啤酒，带上一本书坐一下午。

朋友罗胖子和小白生活在纽约，两人都是从国内来读书，然后留在了纽约工作。

要发现一座城市的密码通常有两种方式，一是漫无目的地走路，二是朋友带你去看一些特别的风景。当然，朋友很重要，不同类型的朋友，兴趣爱好大不相同。那一日我们一起去 High Line Park（高线公园），这个废弃铁路再使用的项目保留了大量以前在铁路轨道边生长的杂草植物。在废弃了长达 30 年后，铁路被重新规划。黄昏时候的天空被红色和蓝色挑染着，不远处的哈得孙河就在面前流淌，渐渐地，天空的红染到了河流里，整条河与天连成了一色，我想这也许就是设计师当时发现的美丽之处吧。热恋中的两人在夕阳下拥吻应该是最好的爱情故事。

罗胖子，30岁，湖北人，叫他"胖子"，但其实他并不胖。因为我在武汉读书认识他的时候，他肉肉的，这些年已经消瘦，"胖子"却叫习惯了。他后来去北京读书，也在央视工作过，但最终为了理想又跑去美国继续读书，顺其自然地留在了纽约。天蝎座的人一直是很会规划自己的未来的，当然不包括他在纽约放我鸽子，他们对自己目标内的事情总是充满了激情和斗志，罗胖子也一样。

纽约这座巨大的移民城市包容着各种文化，不同种族的人在这里生活，互不干扰又可以互相扶持。如果你常看美剧就一定记得他们经常点的一道外卖——"宫保鸡丁"，在美国人眼里，搞不好这道中国菜大概是和鸡米花差不多吧。通常在纽约，人们见面问你的第一个问题是："从哪个国家来的？"这巨大的包容感中所接纳的不仅仅是肤色或食物，连情感也是如此。

Sex and the City 之所以受到大家的欢迎，我想很大一部分原因是演出了各种想要得到欲望、得到真爱的人，欲望和真爱不论男女也不分国界，就是想谈一场简单的恋爱。可到了30岁才突然发现，从前自认为并且固执地坚持的原则在岁月的磨砺中也慢慢地妥协下来，无所谓好坏，而是很多事情比从前想得更明白。感情，真的不是勉强和谦让，而

是需要彼此理解。只是我还是保有了那份对爱的坚守，有时固执得如同女主角 Carrie。

晚上和罗胖子、小白吃过饭后一起散步，小白很激动地说一定要带我去看看 Carrie 的"家"。所谓"家"，是当时剧组花了 9 年的时间布置和保留的一套公寓，高高的窗户旁摆着一张沙发，在那里，Carrie 写下了很多动人的爱情故事和约会日记。我听完顿时汗毛都竖了起来，因为那部追了很多个日日夜夜的电视剧马上就要立体地呈现在自己面前了，有点激动，还有点慌张。Carrie 居住在切尔西地区，那里有很多艺术家居住，还有很多时装店和唱片店，街道两边高树林立，没有第五大道的繁华喧闹，也没有布鲁克林的开放自由，是一个完全独立的区域。大概 15 分钟后，我们来到了 Carrie 的"家"门口，门口刚好被拦了起来，听说上个月这套公寓在纽约卖出了一个大价钱。我悄悄在门口站着，仿佛都可以看到那个从深夜派对回家，下车准备上楼梯的女孩子，她的 Mr.Big 在身后看着她，然后他们拥抱，告别，说一声"晚安"，再然后高跟鞋"嗒嗒嗒"的声音消失在楼梯的高处。

我想在每个人的灵魂最深处，一定住着无数个类似 Carrie 的女孩或者她的任何一个好朋友，彼此依偎的情感如水般平淡而不断。

和约翰·列侬约个会

到纽约的第四天才真正适应过来颠倒的时差。和朋友相约去买咖啡。在曼哈顿你可以找到很多不错的咖啡店，店铺通常都不大。忙碌的纽约城里到处都有西装革履的上班族出没，戴着大墨镜，拎着小羊皮公文包匆匆而过。在地铁上、出租车里，他们几乎都表情认真，紧绷着神经在工作。

拿上热拿铁散步去中央公园，那些电影里关于中央公园圣诞节滑冰场的画面一直在脑子中盘旋。其实我更想去看一位老朋友——约翰·列侬。1980 年 12 月 8 日列侬在纽约曼哈顿公寓的门口达科塔大厦前被一位疯狂的歌迷枪杀，当时他只有 40 岁。那天不过是个很平常的晚上，纽约的冬天实在太过寒冷，也许列侬正准备去喝杯咖啡。几分钟后，扳机扣动，他倒在地上，时间静止了，伴随着的血液、灰尘和尖叫也都停止了，而那首 9 Dream（《9 梦》）却一直在中央公园的上空飘荡，直到今天。每年的列侬遇难纪念日都有大批歌迷聚集到中央公园里，一起缅怀这位传奇歌者。我一直在想，如果要成为传奇，是不是都要以这样惨烈的方式与人世告别？充满着悲痛和遗憾，怀念和惆怅。

1873 年全部建成的中央公园是世界上最大的城市公园，园中令人叹为观止的人工景观吸引了众多像我这样的外来者。公园里四季分明，在时间的推移中变幻出不同的风景。中央公园真正的受益者当然还是纽约人，无论约会、聚餐，还是独处，这里都是他们最乐意停留的地方之一。我想如果约翰·列侬还在，他一定也会和我一样，早晨带着小野洋子来这里喝点啤酒，发发呆，过着属于自己的纽约生活。

走路去曼哈顿

很想做一个真正的纽约人，却突然发现自己不过是这座城市的过客。那一夜去参加了一个派对，喝了不少酒，打不到车便准备乘地铁回酒店。纽约是一座被分成了上下两层的城市，已经超过一百年的地铁如果和东京、上海的地铁相比，实在逊色很多，可是它真的是这座城市的命脉，如果有机会你一定要在纽约搭乘一次地铁，哪怕是没有目的地的前行，在这里，你也会看到最真实的纽约生活。

纽约地铁虽然十分复杂，但是有规律，只是对一个醉汉而言，深夜独自回酒店还是有一些担心。车厢里人不多，大部分都是印度人和黑人，刚刚在24小时营业的超市里结束工作准备回家又或者是去赶早班，还有在写字楼加班到深夜的人，人们如此沉默，只听得到车轮轧过铁轨的轰鸣声。只有这座城市的地铁24小时在奔跑，永不停止。

我大概真的是喝得有点多了，居然下错了地铁站，然后迷迷糊糊地在纽约街头走了 10 分钟，发现自己彻底迷路了。幸好打开了导航，导航指导着我跌跌撞撞地走回酒店，醉是醉了，可心是快乐的。

　　朋友一再告诫我不要晚上去布鲁克林，太危险了，但身在纽约的我总是不断想起戏里的四个女生。是不是每个人都有这样的二三好友，在你最危难的时候挺身而出，但遇到感情问题却又羞于表达。她们都很要强，如同你我，明明爱得失去自我，却死都不会说出口。那天下午，我还是忍不住去寻找另外一个女主角的居住地——布鲁克林。从地下隧道穿过河流不一会儿就到了布鲁克林，一出来就发现这里已经不是曼哈顿的样子了，小小的街道两旁有很多小洋楼，数不清的咖啡馆、二手书店、唱片店和酒吧，还有我最爱的二手家居店，我心里乐开了花。逛到了一家二手书店，架子上摆满了好看的独立杂志和摄影书，买了几张卡片准备写给远方的朋友。唱片店里大量的黑胶唱片让人爱不释手，你完全可以找到披头士或者麦当娜刚出道时的唱片。天色渐晚，跑去便利店买了两罐啤酒，打算步行过桥回曼哈顿。沿路有很多骑车或者跑步的人，我站在大桥中心独自喝完了酒，看着远处的夕阳把河水从金黄染成嫣红，美得一塌糊涂。

　　人们说爱一座城市就应该爱上这座城市中的人。行走在纽约街头你会发现其实每一分钟自己都像是生活在戏里，所有的情节其实早就在你心中有了答案。

Chapter

01

Chapter
01

IFC IFC IFC IFC IFC
AI WEIWEI: NEVER SORRY
UT UP & PLAY THE HITS
DREAMS OF A LIFE
A IN 3D / HOUSE

Chapter
01

Dancing Through The Time

尼泊尔
现世安稳，便是最好

如果说恋爱像是一段孤独的旅程，总是需要在黑暗和风雨中前行，那么影响着自己的，往往是那不确信的心。我们从懂事开始便希望平安快乐，可是岁月渐长，这黑暗将孤独慢慢吞噬，你也需要一种方式来对自己倾诉，我想，那应该就是这里了。

不确定的旅程

总是在想，到底有什么地方是能让人一直向往的，巴黎有些远，东京有些贵，不丹有些难，西藏有些险……在那么多的旅行目的地中，问起很多朋友，都说想去一个叫尼泊尔的地方。我对这个国度除了陌生还是陌生，只是越是陌生的地方越像是藏着巨大的秘密等待着你去发掘。于是很快，我也加入了这迷茫的向往队伍中，要去尼泊尔变成了征服世界地图的任务一般待我完成，而旅行的目的，并不是太清楚。

深夜的仁川机场，我毫无倦意地等待着早晨起飞的航班，从首尔转机去加德满都有些疯狂，可是省下了2000块钱的路费也够在加德满都吃好住好了吧。从来没有哪段旅程像这般不确定，从决定要去尼泊尔到出发不超过半个月的时间，因为工作太忙无暇做功课，同行的小八又是第一次出国，两个人像是要亡命天涯一样在2011年的最后几天准备逃离上海。

天秤座是出了名的忘性大，而我算是天秤座典型中的典型，临出门才匆忙收拾行李，结果最重要的手机充电器忘记带上，只好花了几百块在仁川机场买了新的，然后就打算横跨整个中国飞往尼泊尔。飞机餐肯定算不上美味，但对我而言有酒便好，这更加深了读者觉得我是酒鬼的印象吧。只是大韩航空总是把红酒一点点地倒给你，我却恨不得直接找空姐要一大瓶豪饮后安睡过去。旁边座位有一个学生团，不知道是不是要去尼泊尔看望贫困的小朋友，有钱国家的孩子去穷人世界看看，也是最好的成长方式之一。韩国学生不算吵闹，都坐在座位上自己玩自己的，飞机餐发到我们身旁的女孩子时变成了韩式拌饭，这一下可是激起了我和小八的无限欲望，可是不知道怎么说"韩式拌饭"，只能指着向空姐示意。空姐笑了笑说没有了，于是只好失望地作罢。

飞行总是爱带点书，其实也不会怎么仔细地看，像是一种习惯，带在身边安全，抵挡灾难一般。喝了两杯红酒，就靠着椅背看起书来。近来读《江城》，讲述了一位美国援教的英文老师在三峡沿岸的生活，祖祖辈辈被时代改变的命运和那些风景最后都沉入了江水之中，再也找不到。书看了一半，飞机上的显示器显示已经到了武汉的上空，想想父母和朋友们此时在干什么呢，真是奇妙的感觉。

用小八的话来形容，加德满都的机场就像是美国枪战片里位于沙漠中的一个无名小机场，只有一条跑道，也只能坐摆渡车抵达，一条传输带，一出机场便是黑压压一片拉客的人，你就像是受惊吓的小鸟，充满警觉和恐惧。

来接我们的是旅馆一家人，光家人就来了三个，再加我们两个人，整个车厢显得拥挤不堪。我们很好奇，难道他们是要保护我们所以才出动了全家来接机吗？结果刚一上车便被一旁拿行李的黑了50块人民币。

在加德满都的第一天便充满了惊恐和不安，本来我对印度人的印象就不太好，结果尼泊尔因为与印度为邻，加德满都的大街上似乎都像是印度人，再加上空气污染，人人都用口罩或者尼泊尔围巾把自己遮得严严实实，这和原先想象的空气新鲜、鸟语花香简直是天壤之别。

旅馆是在 Booking.com（缤客，全球酒店在线预订网站）上订的，地段很好，位于繁华的购物区中心，随便走出去便是小店铺和咖啡馆，外国人和我们的口味实在相差很多。旅馆不算新也不便宜，两三百块人民币的价格在泰国和越南可以住到"天上"去了，而这家呢，第一天就不能洗澡，只有冷水在 12 月的天气里供应。

由于没有旅行计划，去哪里似乎也变得茫然又很无所谓。放弃热水澡的我和小八商量着出去随便走走，先出门探个路吧。

晚上 8 点的加德满都漆黑一片，隐约会听到从一些商店和餐厅里传来的印度歌曲，有光亮的地方自然都是还在卖东西的商铺，以手工地毯、编织和廉价的衣服为主，世界各地的人不远千里来到这里总是要带一些东西回去的。我沉迷尼泊尔熏香，进到一家文具店，这里除了文具也卖一些书本、手工艺品，而最吸引我的还是熏香，我就像是老鼠掉到了米缸里出不来，一买就是一大堆。

哦，对了！忘了介绍我的旅伴，小八，26 岁的狮子座男孩，皮肤黝黑，外貌还算英俊，喜欢抽烟和游泳，年轻时因为一段感情从沈阳独自来到上海。性格敏感，并且对自己和周遭都充满着极强的保护欲，不太相信任何人和任何事，包括爱情。自由工作所以能随时休假，对旅行没有太高要求，只要能够走出去便好。占有欲强但是不争，按照我的话说，是长得急了点，26 岁的年纪 36 岁的心智。

　　尼泊尔一定是一个有香缘的国度，不管在尼泊尔的哪座城市，见到最多的除了庙宇便是熏香，我不知道这些香是用来供奉神灵还是自家所用，所到之处空气中弥漫着浓浓的焚香味道。我对熏香的喜爱也就是在这几年，熟悉的味道会让人有安全感。尼泊尔香有点类似印度香和中国西藏香的混合体，除了寺庙，一般都以沉香为主，因为靠近喜马拉雅山，很多植物都是就地取材，通过大量提取，用其本身的根、叶、花、茎、果实等，通过蒸馏进行提纯，最后做成线香、盘香、锥香，而器皿也千奇百怪又好看，就连熏香的名字也别出心裁，比如"好梦""清晨香""女神"。包装自然比不上泰国的精致花哨，多半用粗糙的纸张加些插画包裹在一起，但反倒透出别致的古朴，充满质感。

　　买了啤酒和烟，其实我已经不抽烟很久了，酒自然是戒不掉。超市里摆满了进口食物，大部分从泰国和韩国进口过来，偶尔也能看到从中国进口的，价格虽然不贵，但是鲜有当地人购买，同时还有大量的印度洗漱用品。在尼泊尔，贫穷几乎处处可见，无法掩饰，从机场到街道，人们的目光里似乎总充满了一种凶狠，不知道是我们心存戒备的主观看法还是其他原因，刚到的几天里我们几乎不太和人说话。

　　加德满都算不上好玩的城市，我们跟着谷歌地图去了著名的杜巴广场，却迷了路，好不容易找到，逛过后只觉得兴味索然，反倒是周边的巴德冈要美得多,就连人们眼神中的凶狠也消失了,更多的是好奇与和睦。

信徒之城

也许对任何一座旅游城市而言都会存在这样的问题，大量的外来物质和人聚集在这里，人们目的明确，无论做什么都是为了赚钱。而在巴德冈，这样膨胀的物欲明显减少了。

巴德冈又叫"信徒之城"，很多虔诚的信徒会不远万里从世界各地聚集到此。广场上刚好有一个学生团来朝拜，每个人都穿着小西装、小皮鞋，背着小书包排队准备进去，远远便可以看到一堆小皮鞋摆放在寺庙的门口。因为我们不是印度教徒，所以不能进去参观，只是我好奇这么多同样的小鞋子，他们出来如何辨认哪双才是自己的呢?

找了家路边的咖啡馆坐下来，不远处有一群老太太穿着鲜艳的衣服对着寺庙跳舞祈福，这自然不是给游客看的收费项目，这些老太太看上去也有 60 来岁了，皮肤因为常年受紫外线的照射而变得黝黑，一边跳一边摆弄着手势，随着音乐节奏变换动作。不远处的寺庙燃烧出的烟在广场上空弥漫开来，你不知道他们是站在烟雾里还是站在人群中，看上去很美丽。

路边买菜的当地人穿着尼泊尔的民族服装，脚上的鞋也颇有特色，刺绣和布裹在一起，深藏蓝色配着碎花纹，全手工缝制。每个人的衣服都多少有一些区别，你站在那里反而觉得自己穿着从高级百货公司买的衣服才很是突兀和奇怪。虽然不是满大街都如此，但也让人觉得羡慕，想必如果这样的打扮在上海或北京的街头出现，别人要么以为你是来不及卸妆从剧组跑出来的，要么以为你是在 COSPLAY（角色扮演），而想想我们对传统的保留，就心生悲哀。

　　我和小八喜欢巴德岗超过加德满都许多，除了价格公道外（门票价格给中国的游客有一个特别优惠），这里的雕刻技艺和建筑文化都保存完整。雕刻大部分以鸟兽、神灵和植物为主，许多能工巧匠代代相传经过多年的雕刻才完成，如今在全世界拥有这样手工的艺人已经越来越少，唯有尼泊尔还有保存，这应该算是落后带来的财富吧。

　　有人说尼泊尔"寺庙多如住宅，佛像多如居民"，一点也不为过，在这个宗教信仰至上的国度，再也没有什么比神灵更具权威，多么辉煌壮丽的庙宇似乎也永远配不上高高在上的神灵，所以精致壮观的寺庙随处可见，神灵想去哪里安生休息总能来去自由。和泰国不一样，尼泊尔的宗教更显神秘。因为地理关系，尼泊尔的宗教明显受到印度教的影响，这里的教徒大部分信仰印度教或尼泊尔佛教，我很难区分出这两大宗教的区别，反倒是遍布尼泊尔全国的苦行僧让我觉得神奇。

不远处的苦行僧对我招手，大概是希望我能够拍下他的照片换取一些钱财吧。苦行僧看上去 50 多岁，长长的头发像 10 来年没有洗过，脸上画着彩色颜料，在阳光下格外耀眼。苦行僧在尼泊尔被认为是出生后便被命运抛弃的人，他们只有给神灵做仆人，通过修行获得安乐的晚年，以求修得来世。

在我眼里，巴德冈更像是一座尼泊尔版的京都，曾经的辉煌在今天看来依然能够被人深刻地感受到。在巴德冈的咖啡馆看日落，整座古城被天空的夕阳拉进了惆怅里，家家户户的熏香把整座城市笼罩在烟雾缭绕之中，角楼的钟随风轻轻摇晃着。某一刻你仿佛能够读到这座城市隐藏的许多故事，却没有一个是能够被带走的。旅途中邂逅的风景和故事，意外经过却记忆深刻，就像那些偶然在人生里遇到过、交往过的人，你们曾短暂相遇，推杯换盏，有过良辰美景却注定要分开。归程的出租车上，黑夜吞没了城市的最后一丝余晖，明天就要前往博卡拉了。

虽然去尼泊尔之前就知道这个国家很落后，而在我看来，吃饭住宿都可以简陋，交通也不用豪华，可是起码的安全还是要有保障的，毕竟如果赔上了一条命，是这辈子都要悔青肠子的事情。尼泊尔交通混乱，从加德满都到博卡拉区区 200 多公里的路程需要开上 8 个小时大巴，其实也可以选择只要 15 分钟便能到达的飞行航班，我想你一定奇怪为什么不选择短时间的飞行呢，因为随便查查便知道尼泊尔空难率如此之高，除了飞机本身破旧外，靠近雪山的天气变幻莫测，所以如果选择飞行，那这 15 分钟一定会成为人生中最难忘的 15 分钟吧，怕死的我们选择了 8 个小时的大巴，其实主要是因为我（难过）。

旅行的信任与怀疑是在一次次被骗中积累起来的。旅馆按照我们的要求预订的黄金巴士被转手到了另外一家不知名的公司，虽然我们很生气但又没什么办法。出发的前一晚我和小八戴着口罩去提前考察一下巴士车站，整个加德满都都在与灰尘和黑暗做伴，偶尔能够见到的光亮也不过是路边贩卖旧球鞋的摊铺，每个人的眼神都充满了戒备和冷漠，我们决定如果有人搭我们的肩膀，一定马上扭头就跑。

按照地图找了大概半个小时，这和旅馆店员说的步行 10 分钟相差甚远，这又让我们原本恐惧愤怒的心理指数上升了。最后找到了一个持枪的军人，对方看了地图好一会儿也不知道我们要去的巴士站到底在哪里。就在要绝望的时候看到一家小小的旅行社，才发现巴士站正在里面，一个十分不起眼的小房间。走累了，就准备回旅馆收拾行李赶快上路。

搭 12 小时汽车去徒步

清晨的巴士站完全是另外一番景象，早早聚集了很多人，大多数是欧美来的背包客，他们背着 60 升的旅行包从泰国、越南、中国、印度一直旅行到这里，我想他们在旅途里是会结交朋友的，偶尔也会遇到爱情，有些人真的就留了下来，而有些人旅行结束后便回到自己的城市，生活继续，爱情就成了随遇而安。

12月的尼泊尔清晨寒冷干燥，把围巾裹好拉严，半张脸都放了进去。小八有点烦躁地在一旁抽烟，直到看见巴士才心安。车子干净整洁，也算是个小惊喜吧，很快车上就坐满了人。城市的朝阳慢慢升了起来，黑暗被阳光点亮，一点点地隔着有寒气的玻璃照进车厢里，这座城市又开始充满了活力。就这样迎着晨光，我们往博卡拉前进。

8个小时的旅程实在漫长，中途车子偶尔会在一些不知名的山头停留，山头修建了漂亮的休息站，除了提供午餐还可以买东西，风景也都算不错，小八下车抽烟，我就借着机会也抽了一根，巴士为旅客提供一顿自助午餐。在路途中总能遇到其他巴士队伍，其中有个人我们在不同山头停靠点时互相对视了不下5次，想想有点好笑，对中国人来说主动上前搭讪实在不在行，何况很多旅客都是情侣或者夫妻，有些外国人看上去已经五六十岁了，两个人相依为命地在亚洲旅行。我想，在如今的年月里，可以在8个小时的长途大巴上靠在一起安心地睡去，在破旧旅馆里相拥到天明的人实在已经不多了，也不是没有，只是往往在路途中我们早已失去了耐心而决定放弃。

从清晨一直开到下午，才抵达博卡拉，天空的颜色也慢慢蓝了起来，空气明显比加德满都好很多，只是我和小八的状态只能用蓬头垢面来形容，心里已经暗自决定，回程一定要搭 15 分钟的飞机。

抵达博卡拉是 2011 年 12 月 30 日，还有一天便是跨年。旅馆说起来算是当地不错的，有游泳池和小花园，是长途跋涉后最大的安慰。人越长大越贪图一些舒适的生活，放弃了家庭旅馆转投高级酒店，像是对某种生活失去了安全感。在一家美味的餐馆享受食物的愉悦，在陌生的地方用熟悉的香水拉近人与人之间的距离，而过去那种艰苦的美好似乎再也无法找回。

我想起了那年乘夜班火车去杭州，因为读书时没有钱，于是住在浙江大学边上的小旅社，50 块一晚上，那个时候的我应该是幸福和快乐的。

博卡拉是著名的徒步圣地，在旅馆发现能洗热水澡便真是高兴，已经好多天没有像样地洗过澡了，长途大巴之后终于获得了最想要的放松方式。和小八去街上散步顺便把第二天徒步的线路打探好，以及预订好回程的机票。

博卡拉倚靠在佩瓦湖边，周围群山环绕，夕阳西下的雪山被霞光照耀成了一片红色，湖水安静恬淡，远远地还能看到划船的人趁这夕阳隐没之前赶回来。

在堤坝上喝一杯，平静无澜的湖面像极了心中的那一片湖水，但在水边依依不舍的一块红色霞光在湖中划开了一个口子，然后又快速地收了回来，好像是拨开你的悲伤看了一眼旋即又恢复了平静。

在博卡拉徒步分为很多种，最短的行程也要一天6小时，最长的几乎要花上半个月时间，很多外国人就是这样在尼泊尔旅行，不知道下一站在哪儿，也不知道一起行走的伙伴会是谁。徒步费用不算贵，大概需要300块人民币，包含一顿午餐，同时还有导游陪同。机票是手写的，刷信用卡还要多付手续费，在这个贫穷的国家里飞行，只能祈祷自己好运了。

旅馆的餐厅在门口，吃早餐的时候有阳光透过小小的窗户穿进来，透过空气里的灰尘静悄悄地照映在餐厅的角落里，倒了热咖啡烤了面包，在微凉的12月的最后一天。旅途里我总是能早早醒来，在博卡拉也差不多，小八也没有贪睡。我们在路上话不多，常常各走各的，有一搭没一搭地聊两三句，喝酒的时候也会彼此倾诉，因着那份熟悉和安全，有无限温存。

小八不太聊起自己的感情，十几岁从沈阳来到上海，母亲早年过世，因为父亲开始了新的生活，小八平日只和自己的姐姐联络。在上海波特曼的新元素餐厅，他很平淡地说着母亲去世的事情，她是老师，对这个儿子自幼十分照顾，突然得了疾病并且很快过世。我想每一个离开家走天涯的人必定有自己难言的故事，还有很大的勇气可以面对离别。只记得那个中午我很难受，低着头大口吃着蔬菜沙拉，喝着冰咖啡，不知所措。不知道是不是因为这些儿时的打击让他快速成长。想要成长必定要靠自己，前方的山峰再险恶，走过去的路也只有一条。于是我们真的就上山了，博卡拉徒步6小时。

导游长得很像印度人，非常年轻，手里拿着一部很旧的诺基亚蓝屏手机。因为语言有些障碍，我们常常听不太懂彼此说些什么。他能讲简单的英文，聊天的内容无外乎你多大，做什么工作。他20岁，单身，没有读完书，因为贫穷需要做很多工作，导游是兼职，一周还有很多时间需要在酒吧做工，除了博卡拉没有去过任何城市，最想去首都加德满都看看。

导游男孩经验不足，徒步路线的风景也实在一般。12月不是最好的旅游时间，只有远处的雪山一直吸引着我们。路上始终没有见到其他几个徒步旅人，以致我和小八一度怀疑被骗了。

雪山旅途让我们有些失望，在累倒前唯一值得庆幸的是在中午爬到山顶吃了一碗面，味道虽然普通，但山顶的风景绝佳。店家是住在山顶的居民，自家的田里种着蔬菜，狗狗舒服地躺着晒太阳，时光似乎就这么静悄悄地停留在异乡雪山的山顶。

这是 2011 年的最后一天，这一年爱过恨过，相聚过也孤单过，我想所有的烦恼如同头顶正午的阳光一样总会散去，离开的离开，抛弃的抛弃，有些东西你能够带走，而有些你只能放在这雪山里，待有机会再来重新寻找它的踪影，这，便是记忆。

有一件事情记忆很深刻，一日饭后去散步，在回旅馆的途中迷路了，小八说要上洗手间，死活不愿意在野外解决，于是借了路边小卖部的洗手间，我以为只是小便，结果 10 分钟过去了还没出来，店家十分懊恼，不买东西就罢了，还要在他家拉泡屎！

跨年那天安排得很热闹，微博上的好友纷纷在晒自己的庆祝时刻，我和小八在路边找了家韩国料理店喝啤酒。天气太冷，早早回到旅馆，心里还惦记着拖欠杂志的稿子，想着便搬了电脑在旅馆的院子里一直写到过了跨年夜。2011 年从我敲键盘的手中转瞬而过，告别旧的感情，搬家，然后独自旅行数次，最后一站是和小八一起在博卡拉的雪山下。

第一次"死亡飞行"

2012 年的开头一定是不平凡的，乘早班机回加德满都。虽然早说过尼泊尔空难率很高，但是几天的艳阳高照突然变成了今天的毛毛雨，这让我怕死的心又多了几分忧虑。博卡拉的机场很小，几乎和一个小型巴士站差不多，所有的行李都放在像我老家称大米的古老秤上来称重，安检一律是人工手摸和目测。尼泊尔的航空业属政府管理，单独有几家独立的航空公司运营，机型大部分是加拿大或者德国的机型，空难率较高的庞巴迪也是这里的常客。

飞机晚点，我和小八以及几个外国人在登机口等晚来的飞机，这和去确诊是否患有绝症前的心情没有太大区别，为了缓解自己的恐惧，把 iPad 里下载的杂志又看了一遍。飞机落下来时，扶梯只要抬腿两步就能上去，我终于明白为什么电影里那些黑社会的大哥跨上飞机时那么帅气了，而可怜的我此刻还是觉得恐惧无比。

整个机舱有 10 个位置，小到只能低头往里走，一边各 4 个人，最后还有一排两个连座，和公交车差不多。选了一边坐下，小八坐在我前面，我身边是一个抱着巨大登山包的日本女孩，样子清秀，应该是独自来旅行的。

机舱门离我只有半米不到，意外的是居然还有一位美丽的空姐，她大概说我们会晚点起飞，但实际情况是我们还没有准备好关闭手机就直接"let's go（走吧）"冲上云霄。在飞机飞上天空后的 5 分钟反而没有那么恐惧，只是这 15 分钟的路程在我心里实在漫长，想想自己，生来没有做什么坏事，不会让我在 2012 年 1 月 1 日这么容易记住的日子里挂掉吧？这时候的自我反省会不会已经晚了？

空姐贴心地给每个人发了一颗糖和一小包花生，还有服务呢！她镇定的笑容让我紧张的情绪好了许多。因为天气不好几乎看不到外面的景象，更不用说雪山。8 分钟后，飞机开始发生剧烈震动，当时我整个人都像是在坐云霄飞车一般。空姐被机长叫了过去，跑回来告诉我们说飞机晚点，要多飞 15 分钟。预计中短短的 15 分钟旅程瞬间变成了半小时，我身旁的日本女孩轻声问我什么情况，我故作镇定说："没事！飞机晚点。"其实自己心里早就吓得半死。5 分钟后，我看到机长把导航仪关掉，飞机发出类似空难纪录片里的响声，颠簸持续，整个身体都伴随着冰冷的机器在抖动，有那么几秒钟，我努力不停地回想 29 年来的记忆片段，生和死便是这一念之间吧。日本女孩已经害怕得紧紧抱着登山包自顾自嘀咕着日语，估计是菩萨保佑之类吧。看着她，我更紧张了。手表显示还有最后 5 分钟——闭上了眼睛，成功降落！脚踏实地的时候才觉得心真正踏实下来，这也算是死过一次吧。写到这篇时，2012 年 5 月，尼泊尔又有一架飞机坠毁，机上人员全部遇难！

是要离开尼泊尔的时候了，在这个神秘、落后却充满禅意的国家，人生究竟需要修行几个善生轮回，才可以终成正果？

离开尼泊尔的很长一段时间里，我竟然开始莫名其妙地怀念起尼泊尔来，比如广场上唱歌的老太太们、路边吃着糖的脏脏的小朋友，以及那一段恐惧飞行中的空姐，他们过得怎么样？好像他们的世界里除了信仰很难再相信更多的东西，现世安稳，便是最好。

此生，可以无数次安静地在这儿看着湖泊里太阳的初升和沉落，已是一件幸福的事情，这一站，我把 2011 年的记忆都留在了尼泊尔。

Chapter

01

Chapter
01

खोजी
तेल
जुनसुकै परिकारहरूमा
पनि प्रयोग गर्न
सकिन्छ।
खोजी
KHOJEE
उत्पादक
खो एण्ड जी तेल मील
खोकना, ललितपुर

伦敦
如果你厌倦了伦敦，那么你一定
早就厌倦了人生

结伴而行的旅行是不是不会让人觉得孤独？但我很多的时候喜欢一个人的旅行，一个人有一个人的快乐和悲伤，它们不需要被分享，只要安静地放在心底。喜欢一个人背上包带着行李箱说走就走的洒脱，一个人吃饭、一个人逛街，以为一个人是全世界最自由的时候，突然有一天感到很悲伤，因为旅行这件事情不能一个人太久，就像是一个人不能单身太久，久了就累了。

探访"玻璃之城"

城市，像是一个蜗牛的壳，我们偶尔因为各种理由去到陌生的城市，旅行、出差、看望老朋友，也许还是寻找一段未知的感情，可是你会花多久的时间去记住一座城市呢？那些在电影里常常出现的情节，一些爱过的人在旅行后总会提到的餐厅，一些朋友在饭桌上反复谈论的人……你把与之相关的细节记在脑海中，比如某一个街角的咖啡馆、某一个记不住名字的广场、某座宏伟的建筑，而有时候是声音或是想象的画面，它们都构成了不完整的城市的样子。

如果要我幻想一座不曾去过的城市，那一定应该是在一个阴雨的午后，破旧的老收音机里正播放着 Coldplay（酷玩乐队）的 *Yellow*，你买了便宜的葡萄酒，点了一支中南海烟靠在沙发上，慢慢地看着天花板，吐出了一口烟，整个城市都因为这样的阴雨季节而感觉有些郁郁寡欢。光亮老旧的木地板应该有很多年了，深红色的皮革沙发微微泛着旧日的光泽，在尼泊尔买的熏香轻轻地氤氲起来，是栀子花的芬芳，伴随着吐出的烟圈快速地在空气里弥漫开来，形成一小片雾气，它们凝聚在空气中，最后消失在这潮湿的夏天，腐朽开裂的墙壁里。

窗户外的雨声渐渐大起来，一阵一阵敲打着老房屋的屋顶，最后大到快要淹没收音机里的歌声，但断断续续的歌声在这瓢泼大雨里回响着："Look how they shine for you...Look how they shine for you..."（看它们如何为你闪烁……看它们如何为你闪烁……）

有些时光就是如此在岁月的流逝里渐行渐远，好像抓不住的星辰，也像是这夏日午后点燃的烟雾。顶着这样的阴雨天，我搭上了去往伦敦的末班飞机，那个属于 Coldplay 的国度，那个曾经住着甲壳虫乐队、戴安娜王妃、哈利·波特、英国女王、憨豆先生，以及被无数电影电视电台渲染过的国度。

Coldplay 的歌声越来越大，越来越高，我带着积攒的憧憬就这么一下子冲上了云霄。

不知道有过多少次这样漫长的飞行，喝过酒后沉沉地昏睡过去，几小时后醒在未知的高空里觉得内心很慌乱，不知道自己人在哪里，要去什么地方，类似的感受在最近几年的长途飞行里时常冒出来，觉得自己像是一棵树，被连根拔起换到另外的地方生活，有点无法呼吸。

1997 年，伦敦即将迎接新年的到来，整个城市充满了跨年的欢乐声，放不尽的烟花，通宵达旦的派对，喝不完的酒，拆礼物的喜悦，似乎所有人都在祈祷新一年的美好到来，而就在这天一辆车出了车祸，两个相爱却又不能在一起的人选择结束自己的生命，悲伤和快乐几秒钟内在城市轮番上映，那是张婉婷的《玻璃之城》，也是黎明和舒淇的"玻璃之城"。

第一次看这部电影时我还在读高中，是买磁带骑自行车上学的简单日子，戴着耳机穿过家乡的街头，一晃已经过了 10 来年，片子的原声带早已经找不到踪影，只有下载的音乐一直存在手机里。

当我行走在特拉法尔加广场上时才意识到岁月又老去了一些，电影变成记忆，广场却近在眼前，11个小时的飞行带我来到了心中的"玻璃之城"，只是电影里的人物早已在尘世的变迁中消失殆尽。

没有想象中的阴雨天，反而是出了大大的太阳，站在St Martins Lane（圣马丁斯巷酒店）巨大的落地玻璃窗前，白色的墙壁被穿过百叶窗的光芒打成一格一格的时光印记。Philippe Starck（菲利普·斯塔克）设计的家具，白色，造型简单，流线型没有棱角的桌面，用单纯的几何形状拼在一起，房间里是我喜欢的青柠檬的味道，像在夏天里刚刚从果园采摘回来。我想我应该出去走走，不知伦敦的大街上是否也有这样清新的味道。

夏天的伦敦要到晚上9点多，天才会完全黑下来。刚到6点的下班高峰，人们就拎着公文包，扯开领带站在街边和同事朋友喝起酒来，这样的风景是不是只有在伦敦才能见到？天气正好，喝几杯酒再回家，暂时抛开所有工作的烦恼，真是不错的主意。

路边的男人，每一个都像是刚刚从金融证券公司走出来，他们穿式样统一的白色衬衫和考究的西装，系好看的领带，戴黑框眼镜，手上拿着皮革邮差包，脚蹬系带手工皮鞋，站在路边抽烟；女人呢，很多穿着套裙，喷好闻又熟悉的香水，手上拿着鸡尾酒一边大声说话一边把酒当水喝起来。他们大多是在这座城市长大，又或者是新移民，有不菲的收入，大部分单身，即使是已经结婚的人，也贪恋这几杯酒的愉悦时光。

醉在异乡

商场早早关门，走在街头唯一能做的就是找家不错的餐厅或者酒吧消遣，这是工作了一天后的伦敦生活。

我在旅馆的拐角处找了一家咖啡馆，长途飞行后的疲惫还未完全消退，7点多的天空依旧晴朗明亮。因为住在考文特花园附近，所以能看到紧挨不断的电影院和戏剧院，这里聚集了城市中大批热爱艺术的人，随便拿上一本当月的演出手册都能够找到一出你喜欢的剧目。走在这里，街头到处能见到穿戴整齐、面孔好看的人，他们仿佛是刚从时装周秀场下来的男男女女，行色匆匆，似乎下一分钟就要飞往另一座城市从此消失。而另外一部分人似乎在约会，就像我对面的那一对，趁着戏剧还没开场，在街边买一杯葡萄酒，美酒拿在手中晃了晃，用鼻子闻一下，你似乎都能感觉到阳桃和菠萝的芬芳在这座城市上空弥漫开来。我点了一杯热拿铁先暖暖胃，在这座还未被黑暗吞噬的城市等朋友下班。

才晚上7点多，我那种要把自己灌醉的想法开始在伦敦黄昏的街头蠢蠢欲动。喝醉成了一种习惯，在东京下北泽的烧烤店、在新加坡的小旅馆、在香格里拉的玛吉之家，一个人或者还有其他人。你喜欢让自己喝醉，你喜欢那样的自己，有一些昏昏沉沉，有一些神志不清，刻意让自己过得糊涂一点，似乎只有在这样的半醉半醒间，你才能与这座原本陌生的城市更加接近。

人们总是说音乐和酒精分不开，我想它更像是催化剂，因为有了音乐你更愿意尽情地表达感情，跳舞也好，约会也好，都是由音乐传达到你的感官世界，而酒精更像是味觉的享受，一口下去，伴着音乐直冲大脑。音乐人陈升的大部分作品都与旅行和生活有关，很多歌都是他酒后写的唱的。陈升好酒似乎不算是新鲜的事情，跨年演出时在舞台上喝上瘾了还会临时加演几个小时，然后自己乖乖交罚金。偶尔会发现他和左小祖咒出没在北京的小酒吧，喝点酒，清唱几曲。他是感性的也是迷人的，只有感性的人才能写出《风中的费洛蒙》这样的书，也只有感性的人才能唱出《伦敦废人区》这样的歌。

夜里苦涩的咖啡，但我的欲望却从不安息，散布在秋凉的节气，也许杀了我的压抑，像我这样平凡的人，和他们一点都没什么关系，但我住的是伦敦废人区。

朋友 R 正虎，20 岁出头，从内蒙古来伦敦打拼，从事金融行业，天秤座，因为多年在外变得礼貌和老到，话不多，但说出的每一句都很有分量，知道伦敦最好玩的酒吧和最好吃的餐厅藏在哪里，喜欢喝酒也喜欢飞行，曾经环游世界，以集齐各大航空公司的金卡为目标，在我看来他真是一个疯狂的人。

远远地就看到他顶着一个小光头，穿着灰色的 Tee（T 恤的另一个名称）出现，个子比我高一些，有蒙古族的血统，骨架很大，说话声音缓缓的。

R 先生问我饿不饿，如果不饿就要去赶伦敦时间，泡下酒吧。我们先找了一家在路边看来很普通的酒吧，蓝色的门帘，里面播着听不太清楚的摇滚乐，音乐和酒精的味道混合在一起，让你无法辨认，挤过人群才发现酒吧的喧闹。这是周五的晚上，人声鼎沸，买了两杯不知道牌子的啤酒再钻出人群，和当地人一起背着包靠在墙边喝了起来，三杯下肚才有点 high 的感觉，其实我连时差都还没有倒过来，十几个小时前我可是在烈日下的上海街头游荡。

R 先生问：换一家喝？我说好。

我们都是性情中人，没有计划，不按常理出牌。

穿过匆忙的人群、拥挤的街道和老爷车，拐进一条小街，迎面撞上一家黑胶唱片店，要 R 先生在门口等等我，自己则一头扎进去，其实心里知道是不可能在这里找到《玻璃之城》原声碟的，但发现了很多喜欢的老乐队的唱片。店铺不大，8 平方米多的样子，却摆了五六千张唱片，很多老唱片都压在阴暗的角落里，店家也是根据自己的喜好将一些好卖的或者他自己觉得好听的唱片放在了门口的篮子里，在这里找到了约翰·列侬和我爱的澳大利亚歌手 Tamas Wells（塔玛斯·韦尔斯）的唱片。

老板 50 多岁的样子，胖胖的，腆着个大肚子，有很浓重的伦敦口音，皮肤粗糙，胡子浓密，鼻子上架一副蓝色的眼镜，戴一顶帽子靠在收银台边，喜欢朋克和黑暗音乐，喜欢旅行，但没有去过中国，8 年前开了这家唱片店，一直到今天。唱片店并不是很赚钱，现在大多数的年轻人都是在网络购买或者下载。老板 25 岁时爱过一个住在曼彻斯特，长着雀斑的女孩。他经常偷偷开着父亲的老爷车，穿天蓝色的西装和旧皮鞋去看她，路上买很多酒，听着车里播放的甲壳虫乐队的唱片在乡间畅饮，一瓶，又一瓶，再一瓶。女孩家境不错，学金融，主攻伦敦的 CBD（中心商业区）银行区域，女孩的父亲有自己的产业，希望找到一个可以让女儿幸福生活的人。他们仅相爱一年便分手了。之后他做过很多工作，一直到得知女孩结婚，他在 48 岁的时候开了这家唱片店。对着我这样一个陌生人，他简短描述了自己的前半生或是一生，这么些年，他只用一个词总结：孤独。不过还好有音乐，随后他又拿了几张唱片推荐给我。

老板问我，为什么喜欢翻后面的那些不知名的唱片？我笑了笑，告诉他那些唱片在中国并不常买得到。

买了几张唱片，我脑子里就一直停在唱片店老板的爱情故事里。年轻的时候义无反顾，以为只要爱一个人就能够浪迹天涯，可是时间证明了一切，留下的只有巨大的孤独，你不知道它什么时候来临，也不知道什么时候才能毫无遗憾地继续前行，是时间让你很轻易地卸下防线，这似乎变成了一件自然而然的事情。

等在外面的 R 先生进来问我买了什么，要不要去别的地方看看，这样的唱片店在伦敦多到数都数不过来。我不知道是否别的黑胶唱片店里还有这样能让我感同身受的故事和感情。

旅行的快乐便是这样，遇到的人和听到的故事，最后变成了文字。

已经是晚上 8 点多，伦敦蓝色的天空渐渐暗了下来，夕阳的最后一抹余晖把天空渲染得格外好看，云霞把酒吧的落地窗也染成了一片红色海洋。于是我们找了这家酒吧的角落，倒上一杯当地产的红酒，摇晃几下喝下去，R 先生握着杯子很认真地看着我，问我为什么不好好找个人一起生活，我说我一直在试着好好生活，但是也很害怕，年龄越大越害怕，很多时候并不是太清楚什么样的人才适合好好在一起生活。

那一晚伴着酒精，我好像把这 10 年的感情都倾诉了一遍，不管坐在对面的 R 先生是否认真在听。我想我已经彻底爱上了这座城市，不是因为酒醉迷离的夜晚，而是当我隔着时空细数往事后我便会离开这里，如同那些曾经的告别，也许我们会再相见，也许，再也不见。

宿醉醒来的早晨，我头痛欲裂，抱着被子看到阳光已经穿过百叶窗的最底端折射进房间，哪怕仅有微弱的光，此刻也觉得充满了生命力。收到 R 先生的短信，约我出去喝咖啡、吃早餐，周末的早 8 点半像是打完仗的战场，静得可怕，从旅馆一路走到广场都见不到几个人，只是偶尔有晨跑和骑车的人经过。

当地人不善于和陌生人打交道，要得到一个完美的笑容不是容易的事情。

R 先生也是一脸宿醉的表情。我们找到车站旁的一家 COSTA（咖世家）咖啡馆，店里的印度工人正在勤劳地工作。早晨的车站有很多人拖着行李箱要外出旅行、度假或者看望朋友，他们在街边的咖啡馆买了热咖啡就大步离去。

这么多人从不同的城市来到这里，然后再去往欧洲或者其他地方，他们和我一样花很多年的时间去慰藉过往的青春。

热拿铁里浓郁的咖啡和牛奶混合在一起，芬芳扑鼻，慢慢喝下一口，好像生怕错过咖啡的醇香一般，咖啡常常可以带来一种奇妙的体验。不想聊天，戴上耳机听起来，物换星移中我早已不是年少的学生，在考文特花园附近的这家路边咖啡馆里，因为《玻璃之城》的音乐我寻到了一个完整的轮回，一次简单的成长，歌曲没有变，人，老去了一些。

伦敦的时光总不能这么浪费，继续走，喝完咖啡吃完早餐也有9点多了。沿着广场往下一条路走过去，路边还有很多昨夜年轻人聚会留下来的啤酒瓶、烟头，清洁工人开始清理这座城市。太阳也渐渐升了起来，走到河边才发现面前的是伦敦眼。这可真是座奇妙的城市，一边是历史悠久的建筑，往远处走可能还有皇室的住所，而另外一边则是大英博物馆、当代艺术馆、摩天大楼和伦敦眼，它们古典又现代地在泰晤士河边伫立，从不曾改变。

R先生问我有没有兴趣到伦敦眼上看看，我摇了摇头。可能有些地方终究是不适合一个人去的，好比这个有着美好日出的周末清晨需要有人来分享。

海德公园在快到中午的时候热闹了起来，公园里有很多人带着小朋友、狗、杂志和书来这里晒太阳，草坪上一群又一群的人，闲适而快活，真想加入他们的行列。

穿过一条马路，小街道狭窄了起来，这条看起来并不起眼的 Dover Street（丹佛街），因为有了日本设计师川久保玲而显得格外不同，成为潮流史上常会被人提到的重要地标。起先并没有太在意这条路有什么特别，只是慕名而来，到了才发现我喜欢的川久保玲、A.P.C. 都低调地在这里安营扎寨，也许很不经意间你便会在路途中错过它。我很佩服一个日本女子有这么大的雄心壮志在这里开店，从东京到巴黎到伦敦、纽约，一个品牌的成功绝非一日之功，敢在女王的脚下开店没有些真本事还真不行。

整个川久保玲店像是一座标本博物馆，麋鹿、斑马……都可以在这里找到它们的标本踪影，白色的墙壁像极了主人海纳百川、内敛沉静的性格，因此除了自有品牌和限定合作款的服装，在楼顶的咖啡馆还能看到家具、咖啡和厨具。一起来的朋友说："看看这些，我们还做什么潮流时装，再等 10 年吧。"想想，还真是，很多东西不是建筑或者服装本身给予的，往往是一座城市的文化带来的巨大诱惑在激励你一路向前走。

英国人很传统也很开化，传统在骨子里，开化在生活中，而二者一旦触碰到一起，很多时候只能用严谨来形容。这座古老的城市如何包容得下这么多文化？从 1894 年伦敦塔桥开桥后，就没有第二座新桥修建，直到千禧年才有了千禧桥的诞生，从规划到建成吸引了无数伦敦人的眼球。而这座桥更是命运坎坷，在传统文化的抨击下，一开桥便面临着闭桥的尴尬，2002年才重新恢复开放。走过千禧桥你便能看到伦敦当代艺术馆，这里是当代文化和厚重历史的最好交会处。在当代艺术馆不一定要看艺术，我更喜欢在伦敦当代艺术馆的楼顶坐一会儿，看看河上的夕阳。我想这才应该是伦敦真实的模样，一座看上去腐朽不堪却又充满激情活力的城市，少了一些感情，多了一些酒精。

安娜在伦敦诺丁山的一家书店里邂逅了爱情事业都失意的威廉，影片里她的笑容清新得好像早晨含苞待放的花，没有掺杂任何野心和不快乐，只想简单地谈一场恋爱。茱莉娅·罗伯茨和休·格兰特演绎了一段经典的爱情，同时也把"诺丁山"这个地名深深地放进了我的脑海里。

以为在诺丁山能找到影片中的那家书店，到了之后才发现整个诺丁山书店比比皆是，电影如人生，可人生并不一定能还原电影。

去诺丁山最好的时间当然是周末，今天刚好天气不错，没有传说中伦敦的阴雨不断，反而多的是阳光灿烂。街口的老爷爷单身12年了，老伴过世后就靠每个周末来市集上卖一些家里的锅碗瓢盆和收来的古董度日，价格也算公道，一个酒壶大概7英镑的样子，我兴冲冲地买了两个盘子和一块桌布，这应该算我唯一能为这个孤单老人做的事情。老人孤单却不寂寞，喜欢喝酒和旅行，欧洲跑了个遍，也去过中国，我想每一个人老了之后在乎的不是金钱，更多的是希望有个人可以陪伴着继续走下去。

诺丁山聚集了大批的街头艺人，充斥着二手唱片店和书店，似乎他们都是为了寻找茱莉娅·罗伯茨而来，其实不然，这些最原始的艺术才是英国文化的本质。

这里一定是一座信息量超级丰富的城市，一周或者一个月，乃至一年都很难完全摸清楚。而如果你喜欢时装和历史，我想说你一定要来这里看看，很多故事并不只是出现在书本里，你会发现这样精彩的故事每天都在伦敦循环上演。

离开伦敦的那天有一些不舍，记得一本书里说，如果你厌倦了伦敦，那么你一定早就厌倦了人生。还好我没有厌倦人生，还有那么多值得爱恋的人，值得记住的事，还有没搭载过的伦敦眼。

Chapter
01

Chapter
01

Dancing Through The Time

西　藏
只 为 途 中 与 你 相 见

　　"我问佛：世间为何有那么多遗憾？佛曰：这是一个婆娑世界，婆娑即遗憾，没有遗憾，给你再多幸福也不会体会快乐。"——仓央嘉措

　　知道仓央嘉措并不是在那部众所周知的电影里，而是有一年去云南旅行，看了杨丽萍的《云南映象》，它最后一幕讲的是香格里拉藏区的故事，生死轮回，善恶和因果，短短一个多小时，以为是很无聊的演出，结果看完后我泪流满面，大屏幕一直滚动地打出"那一世，我转山转水转佛塔啊，不为修来生，只为途中与你相见"，情诗写得好却不及亲眼去看看。

你的心里有个一直想去旅行而又迟迟不敢行动的地方吗？我想那一定是西藏。说了 10 年，其间给自己找过这样那样的理由，比如时间不够、没有假期、机票太贵、没有找到合适的旅伴，于是就在这各种各样的借口里，时光滑走了好几年，终于决定上路了，结果同行的人还不少。

有时候，我会在旅途里带一本书，可能是小说也可能是熟悉的散文，随便翻翻便能读下去，熟悉的文字就像是熟悉的味道，可以给你带来温暖，同时也会让你掉入无尽的孤独中。

有段时间我的包里总装着《彼岸花》，走到哪里带到哪里。书里讲了一段曲折绵长又无法实现的感情，反反复复，甚至当我站在广州的珠江边上的时候都能想起里面的段落，那对自小相爱却终究无法圆满的情侣终日在房间不想离开，他们明白最后还是要回到各自的生活，有爱，但无法在一起，有恨，但无法入骨。这样的故事有时候不只发生在书本里，生活中每一个人都是这剧本的主角。

从高中到大学再到工作，每一个阶段重新读书都有不同的感受，26 岁之后，我开始尝试着读一些修行的书，人为何修行？因为内心的浮躁和压力已经完全超过了已有的知识积累，欲望太多，情感交错，每天花很多时间开会、和陌生人聊天、做 PPT、长途飞行、无休止地加班、陪工作伙伴喝酒吃饭，工作结束后就想立刻回家，拖着疲累的身体和粗糙老去的皮肤，而第二天你要继续人模狗样穿戴整齐地出现在办公室，相信有很多人做着以上同样的事情。在很长的一段时间里，无论上班还是下班，我都在抱怨工作，抱怨周遭的一切，直到有一天我突然觉得自己像个现实里的小丑，生活在这座被称为魔都的巨大城市里的小丑，每天戏演完了，就散场乖乖回家睡觉。

工作很重要，因为工作是为了更好地生活，而如果有一天你的生命里只有工作而没有生活，这个时候我想是应该停下来想想为什么要拼命工作了。

其实如我一般想去西藏旅行的人千千万万，好吧，什么时候去西藏旅行一次吧，从你想象到实施可能就过去了三五年，这三五年里，生活会发生多么大的变化，你开始新的恋情，开始长大以及工作遇到挫折，于是去往西藏的道路一直受到阻挠。如果西藏只是一个代名词，我想在生命的很长一段时间里，你会遇到无数类似西藏这样的词，比如喜欢上了一个人，却因为得不到而心生懊悔；比如因为英文不好没有谈成生意丢了10来万；又比如因为一次旅行放弃了某一次的合作机会。长远看，这些都是欲望的源泉，当然，人没有了欲望会停止向前，而欲望太多则是阻挠重重。

我想很多人并不理解为什么那些去过西藏的人能够经历天翻地覆的

内心变化，从而改变自己。当我还没有到达西藏时我也不理解，西藏是有生命魔法还是有什么其他特定的治疗方式吗？带着很多这样的疑问，带着近 30 年的记忆、生活、感情，我上路了。

对于西藏，熟悉也陌生，熟悉是这些年走南闯北去过的四川藏区、云南藏区，也都有藏民和高原，可是真的要去西藏了，心里多少还是有些担忧，身体是否吃得消应该算是最大的问题。之前听过种种传闻，说什么去了西藏就死在那里了，回不来了啊，等等，可是最后总是要自己上路的吧。

去一次西藏，坚定不移

开着车，发现原来你想好好地吸一口气、吐一口气也这么艰难，这时才真正感觉到西藏的生和死。如果不巧你又因为伤风感冒而一直咳嗽和伴着低烧，不好意思！那么你几乎向死亡又靠近了一大步，这种特别的感受是我们这些在内地长大的人从未体验过的，似乎一瞬间你就要和过往告别，一瞬间你就要和所有的欲望说再见，生和死就在老天的手中，一分不多一分不少。

我戴上耳机，车继续在公路上飞驰，把耳机里何训田的《春歌》打开："春有百花秋有月，夏有凉风冬有雪。若无闲事挂心头，便是人间好时节。"鼓声伴随着歌声阵阵入耳，窗户外是一眼看不到边的山脉。从海拔 5000 多米的米拉雪山山口一路往林芝开了下去，刚才还是阳光灿烂的天气，翻过了一个山口却已经下起了瓢泼大雨，雨水把村子里以及山头开得正好的桃花打落了一地，桃花随着雨水一路慢慢地沿着村子里的小溪漂流下去，直到消失殆尽，但只要一小时后天空又继续放晴，原来春花秋月不是歌词不是诗句，而是你在旅途里经历的一切。

高中时读三毛的《万水千山走遍》，在从家到学校那一小时的颠簸路途中，我总是很期待这一段路程，好像是要看一部电影一般。因为周五很多学生回家，公交车车厢经常变得拥挤不堪，我时常只能坐到驾驶员边上，确切地说那并不是一个位置，只是很小的一块机械突起的位置，我就坐在那里，很期待地从书包里掏出三毛的书，一点一点读完，然后一点一点地刻在了心里。

书中写满了她的见闻，她对死亡和孤独的剧烈的悲伤，可能写作就是她的止疼药。在关于南美的那篇文章中，她反复提到遭遇过很多次高原反应，咀嚼了点当地的古柯叶后慢慢睡过去。这样的旅途有很多次，只是自己上路难免觉得孤单。三毛也许一生从未来过西藏，最后在台北结束了自己的一生。

凌晨 3 点醒来，头疼得像要被炸开一般，你从来没有像这个时候离死亡如此之近，近到你似乎随时都能够触手可及。

去西藏不是因为三毛，也许她从未来过；去西藏也为了三毛，因为她的书激励着我一直向前，人就是这么矛盾。

从拉萨到林芝大概需要 8 个小时。清晨出发的车上，师傅一直在播放着佛音，阳光像是拼了命地想要穿越云层跑出来，再过半个小时就能真正看到阳光了，照在身体和车上全是金红的颜色，格外好看。因为一夜未睡，几乎一上车大家就陷入了沉沉的睡眠中，时光随着这行走的朝阳快速前行，旅伴的微薄气流都在身边转瞬即逝。

6 人同行，IVY 和皓子，包子和小澳，我和耳朵，除了小澳几乎都是认识超过 5 年的朋友。

IVY：职业导游，是我们的旅行顾问和"妈妈"级别的人物，所有事情都由他打点妥当。

皓子：爱和我喝几杯小酒，几年前去香格里拉时还要偷偷地在背地里抽根烟，现在已经完全公开了，可见在家里的地位有所提升。

包子：摄影师，典型的天蝎男，固执又坚持，拥有梦想却经常因其他的理由停步。近来转为服装细节控，从面料到价格，很有创业潜力。

小澳：旅行团里最年轻的一位，家境殷实，正处于异地恋，拥有独立的生活，旅行时也不忘开着两部手机和一台苹果笔记本电脑远程操控生意。

耳朵：天蝎男，建筑设计师，虽然固执但最近开始听进一些意见，终日出差，半个在云端的人。

6个人，6种不同的性格，跨越区域、时间和空间。

和熟悉的朋友旅行你会觉得分外安心，不用考虑对方的习惯、性格，他们都是在时间的河流里彼此已经磨得没了一点脾气的人，原本只是我想独自上路，结果变成6人行，这旅途不孤单。

旅行前也会在网上查询目的地的一些资料，看到一些照片，一直无法忘怀，桃花漫山遍野，布满村落，村里的人在树下唱歌做农活。想想如果在今天要你放弃眼前加不完班的工作、买不起的高价住房、不知是否有毒的食物以及充满诱惑的城市，和爱的人一起去西藏，你敢拍着胸膛说走就走吗？我不敢，想必你也不敢，有时这一走不是为自己和爱人，更多时候这种"不敢"是为了父母朋友，我们身不由己。只是年纪越大越向往这样安贫乐道的生活。城市，终归像是一个巨大而空洞的壳，人们冷漠地居住在这里，以为可以苟且过上所谓好的生活，不停地约会，喝咖啡，参加派对，热闹散场后发现深夜仍孤身一人，终究还是这座城市的过客。

路上，我经常靠在车窗边上发呆，听的还是何训田的唱片，鼓声点点伴随着沿途的风光。5月的林芝，车一路往前开会看到大片的冰川，那是大自然造物主赐予的美丽，几千几万年的光阴里它依然屹立在那里，然后冰川渐渐化成了水，变成了溪流，许多由冰川融化的小溪流最后汇聚成河道，汇入奔腾的雅鲁藏布江。高原的风景如同电影般变幻莫测，从冰川到田野，无数的羊儿马儿在草原上游荡。如果动物可以选择，应该会想在这里死去吧。草长莺飞，弱势动物随时会被袭击死在草原，几千万年一直这样延续着。

大概6个小时车程后，窗外的风景开始有了一些江南的气息，这让穿着羽绒服从拉萨过来的我们有些不太适应。告别了高原的剧烈头疼，车越接近林芝头疼就越来越轻，长途巴士会让人身心疲惫，我偶尔也下去陪他们在外面抽烟，其实我只是忙着拍照。一抬头便是蓝得刺眼的天空，随便一个角度都可以拍出如画一般的风景，人们从城市丛林里逃离，只是为了最简单最自然的森林风光。

高原的桃花和内陆有很大区别，远远看最开始只有那么几棵树在一起，小小的一片白色，接着这样的小小一片越来越多，就像是黑夜的繁星点缀了整个山谷，绿色的草地和山坡上一片又一片的粉白。渐渐地，这一小片变成了一大片，接连成海，风轻轻吹起，桃花便随风飞舞起来，花瓣落入冰川融化而成的小河里，一直漂到村子里农家的洗衣板上，像是一个轮回或者是关于桃花的故事，似乎每一棵树变成了一个家庭成员。

打开车门，大家都被眼前的景象惊得沉默着说不出话。这曼妙如海的桃花一定是要和日本的樱花争个高低的，只是单说桃花的海拔就足够高了，占尽了天时地利，日本的樱花又怎么可能是它的对手？

我们总是对这样的时光恋恋不舍，就像那些你爱过的人，去过的地方，花开前是期望，花开时是喜悦，花落时是惆怅，人生如花，花如空。

你是否也在期望旅途里能遇到这样一个人，来自不同的地方却意外地有熟悉的生活品位，你们都挣扎在繁忙拥挤的大都市里，营营役役，可能偶尔周末和同事去买醉，到楼下便利店找酸奶喝，第二天带着一身酒气滚回公司继续加班到深夜，拿着永远与所付出的劳动不符的薪水，却一心想和爱的人开一家咖啡馆。如果这个人是在西藏林芝这样的桃花源遇见最好，一起放弃大城市的生活，带着一些积蓄和父母朋友的不理解，义无反顾地远走。在梦想之地买地盖房，楼上是起居室以及两间家庭旅馆房间，楼下卖书、咖啡和手织的布料，也可以接一些大城市的广告或者杂志稿子，偶尔夜深人静也还是会怀念城市的灯红酒绿，可是你的心确定是要这样吗？

理想和现实永远差了一步，每当你想跨过去的时候，内心的魔鬼就开始和你搏斗，他总是赢，即使偶尔他输了，你的那点成就感也无法抵消对自己内心的不确定。当然这只是你的愿望，旅途中很难遇到爱情，就像你每天挤公交车地铁回家，以为路上可以遇到有缘人，但你们总是擦肩而过。万千的爱情最终会像桃花一般，失去的是美好，留下的是遗憾。

遇见两个生活在草原的朋友，我很好奇是什么动力让他们定居下来，回答是因为害怕大城市的诱惑，我说，那草原就没有诱惑了吗？他们说有，诱惑是今天捡到了一只意外撞死的鸡可以炖一碗鲜美的鸡汤，明天去河塘捕鱼，深夜星空下开着车带上酒在秋天的山谷里泡温泉，一切都那么美好，你只需要面对长时间的孤独、物质缺乏以及高原反应，对物质的要求变得很低。其中一个在内陆长大的女孩指着自己已经被晒得黝黑的皮肤说，你以为每个女孩都受得了这样的日照吗？

是啊，有多少人可以甘于这样的平淡，甚至辛苦？

走到桃花树下，村子里的人在树下唱歌喝酒，好不快活，不忍心走近打扰他们。如今的林芝也商业化了，村民在门口堵住游客卖门票，5块钱不多，但你必须花钱才能欣赏大自然。

到西藏必然要看看他们的寺庙、教堂、清真寺、佛堂，每一个神灵住的地方都是一种寄托的开始。在拉萨附近的甘丹寺庙，天色渐晚，开车师傅担心天黑前无法赶回拉萨，于是要我们看看就走。快黄昏的时候天下起了小雪，我们要一直绕着盘山公路开上山顶才能到达寺庙，有些坡度都快有90度的起伏，可是当你真正到了山顶后却惊讶不已，成群的僧侣在念佛行走，此时刚刚好有一辆从香格里拉开来的大巴和我们一起抵达，寺庙广场里的男女老幼有30多个人好像是在等着谁，我想那些应该是带着病痛和悲伤不远千里来此地朝拜的人。除了他们，你还能看到很多信徒一路沿着山道磕长头前往寺庙。人群中有一个女孩吸引了我的注意力，她"扑通"一声趴在地上虔诚地磕头，黄色棉袄已经变得很脏，站起来又是如此虔诚地一拜，心无旁骛。那一刻，不信佛的我站在那里感动不已，信仰、虔诚正如影随形。

转山转水转佛塔

旅行总是要结束的，而这一次我一个人待在了拉萨，同行的朋友都早早离开了。最后一天，我怀着一颗好奇心，步行到了大昭寺附近的玛吉阿米餐厅，据说这是仓央嘉措当年约会的地方。网上偶尔也有人说这不过是骗游客的故事而已。但我真的在餐厅里靠窗户的桌子边点了酒，然后给好朋友们写明信片。谁在乎真的还是假的，起码仓央嘉措是真实的，能写出那么多优美的情诗，就设定他在这里约会又怎么样，毕竟过去已经成了过去，而爱情放在了心间。

在西藏遇到了很多人，比如住在梵行客栈里的老板，一个充满魅力的中年男人，他只身从四川来到拉萨生活了很多年，租住藏民的房子，买了车，开旅馆，几乎没有见过女主人，也从未听到他提及过去。我在他开车的时候看到他身上的刀疤，我想他应该是有故事的人。老板性格很开朗，也喜欢结交朋友，虽然我们几个人只是在旅馆住了几天，便已经互相心生好感。在拉萨，有千千万万这样的旅馆和开旅馆的人，他们放弃了自己原本平静的生活来到西藏，初衷也许各不相同，但目的地却都是一样的。

旅行结束，我问了身边的几个朋友，西藏让他们改变了什么，在前一周的时间里，大家都说了很多的道理，可是一个月过后，大家好像都把西藏放在了心底。忙碌地生活，谈判、生意、酒席、家庭、妻子、男女朋友，似乎所有的过往都被这样的现实冲淡。西藏变了，变得不再那么自然淳朴，但依然深深烙印在每个人心里。

很多人说来西藏会改变一生，我来了，我的 5 个朋友也来了。旅行结束后大家又各自回到城市丛林里继续苟且生活，开不完的会议，做不完的 PPT，偶尔想想那桃花，心里的躁动似乎瞬间找到了抚慰的力量，我知道西藏改变的是内心的信念，如果你不愿意一直这样生活，那么心有归宿才是改变的真正开始。

　　梵行客栈（现已更名为"吉祥花酒店"）：拉萨城关区八廓东街卧堆布巷1号
　　玛吉阿米餐厅：八廓街东南角电信局对面（近八角楼）

Chapter
01

Chapter
01

Chapter
01

土耳其
埋葬记忆的地方

拿破仑说："如果世界是一个国家，那么伊斯坦布尔一定是它的首都。"这是土耳其，一个永远都不知道下一秒会发生什么奇迹的国家。

一小时穿越亚洲和欧洲

清晨的阳光穿破了云层，仿佛迫不及待地要出来探个头，10 月的伊斯坦布尔机场已经开始有几许凉意，原本还浮在天边的晨光不到 10 分钟又穿过机场的玻璃折射进来，旅人被这突如其来的亮光刺得睁不开眼，赶紧把头上的帽子拉低了许多。买了热拿铁等转机的航班，朋友木头和黑伦斯在外面抽烟。这是清晨 6 点 05 分的伊斯坦布尔机场，13 个小时的长途飞行。持续的失眠一直伴随着我所有的旅程，就连这一次的土耳其也不例外，戴上耳机，瞬间掉入Pet Shop Boys(宠物店男孩)的世界里。

每段旅行总需要给自己寻找一些关于旅行的意义，比如失恋旅行、蜜月旅行、单身旅行、生日旅行，我给自己的是"生日旅行"，因为生在10月，比起失恋旅行、单身旅行，生日旅行听上去非但没有那么苦情，反而多了一些天真的欢乐，但其实两个月前我刚刚结束了一段不长不短的感情。

能有几个朋友一起出门真算是件令人愉快的事情，除了能打发在飞机和大巴上的无聊时间，还会让行程变得更加轻松。因为身边总是会有朋友喜欢看Lonely Planet（《孤独星球》）上的名胜古迹、历史文化，并对此如数家珍，又总是有朋友只想懒懒地待在沙滩上晒太阳、游泳、喝酒，我一般是不爱操心的后者，有前者的好处是他能帮你安排好一切。坏处是你们要在预期的十几天行程中穿越无数座城市，起早贪黑，不能说哪一种特别好或特别坏，只有矛盾的事情才能够让旅途更加有意思，不是吗？

年轻的时候总会固执地认为，旅行就应该和爱的人一起，长大了一点开始明白，原来和朋友、亲人旅行目的一样，过程却绝不相同。

木头，30岁，水瓶座，结束一段感情后单身了10年，似乎一直在搬家，居无定所，从南京到上海，从上海到北京再到广州，我们每一次见面都是在不同的城市，于是他也成了当地宜家的常客。如果搬家像是新恋情的开始，我想他的心也始终是在漂着的。他有一份国际银行的高薪工作，高奢品牌的白色衬衫挂满了一整个衣橱，有着水瓶座惯有的执着和固定生活习惯，比如只买某个品牌的牙膏、洁面膏，用固定味道的香水，哪怕吃饭也都是口味单一的食物。我想他的过去一定有一个深不可测的黑洞，好像这带着薄雾的秋天的清晨，看得清却不敢触碰。我们一起旅行过几次，相识快 10 年。

黑伦斯，马来西亚籍华人，早年在澳大利亚读书，优雅的巨蟹男，从事广告业，很健谈并且充满热情，性格敏感，但很随和，旅途中似乎随时停下来就会有很多话说。精通英文、马来语、广东话，以及"马来西亚普通话"。看上去是个找不到弱点的人，很理智，清楚地知道自己想要的是什么，爱怎样的人或者交怎样的朋友。我们刚刚认识一年，第一次一起旅行。

一个是多年朋友，一个是新玩伴，这段旅途必定充满乐趣。

对我来说，旅伴是非常重要的，有他们在身边就像闻着熟悉的香水味道，尤其在异乡的清晨，让人心里感觉格外镇定和踏实。

再次醒来的时候已经是辗转很多小时后的爱琴海边。尽管长途飞行让大家都很疲惫，但眼前的海岸线实在太过美丽，谁都不忍心浪费这样的美好风景，于是顾不上休息，兴冲冲地背起相机去海边吃午餐，吹着海风，空气咸咸的也不错，想想又快到我的生日了。城市被霞光拉进了大海里，那色彩艳丽复杂的光芒在以前的旅程里并不常见到，整片天空从橙色渲染成藏红色，水天一色，连成了一片。我想如果能够在这样美丽的海边过生日真是太幸福了，只是这样的美丽仅仅是我一个人的风景，心空荡荡的。

土耳其的消费远超出了我之前的想象，由于它地理上靠近欧洲，所以这些年一直积极申请加入欧元区，但土耳其特殊的经济和地理环境一直让它处于尴尬的位置，贫富不均在这个国家显而易见。旅游业繁荣的大城市寸土寸金，聚集了世界上知名的奢华酒店、商场和百货公司，数不清的咖啡店、西餐厅，难怪欧洲人会把土耳其当作旅游胜地，除了消费比其他欧洲城市低廉外，横跨亚洲和欧洲的多种族文化也让人感受到这个国家与众不同的魅力，当然以上种种仅限于土耳其比较大型的城市。

这里的空气让我觉得有一种莫名熟悉的味道，不知道是不是全世界的秋天都是这样，干燥中夹杂一丝丝海水的咸腥味，迷迷糊糊地就让自己在10月的阳光下停住，然后便想一直待在那里不再离去。

境内的巴士异常便捷，让我们3个亚洲客都万分惊讶。除了飞机上有空姐推着小车送咖啡、茶点的常规服务外，巴士里的车载电视是最意外的发现。但最重要的其实还不在这里，他们的车上是有免费 Wi-Fi 的，这让我在用了一天国际漫游后终于能省下每条微博 5 块的昂贵发送费。

因为是宗教至上的国度，很多时候言行举止都需要十分之小心，生怕触碰到了不熟悉的领域。在这里，每天早晨和黄昏，大街小巷的喇叭都会播放一种唤礼声，所谓唤礼声，是伊斯兰教的一种唤人礼拜的乐声，悠扬顿挫，沉静浑厚的唤礼声告诫自己洗净一天的烦恼和痛楚。

旅行总是需要做个计划的吧，而我向来不是个适合做旅行计划的人，尽管热爱旅行，但更喜欢把时光留在沿途的酒吧或者免费的大自然里，景点完全是可看可不看的。但土耳其的旅程是木头早早计划好的，时间紧张又匆忙，因为他热心肠做了很多功课，显得我和黑伦斯懒惰无比，所以懒惰的人闭起嘴巴，不挑剔，他让我们去哪儿就去哪儿，只是两天就换一座城市的紧密安排实在让人有些辛苦。

充满悲伤的塞尔丘克

没有在爱琴海边待安稳就直接奔赴塞尔丘克了，来之前一样毫无准备，但我的生日确确实实是要在这里度过了。

原本很兴奋，以为搭过路车就可以轻松直奔旅馆了，结果到半路司机把我们丢在市郊的公路上然后拍拍屁股走人了，我们3个人提着行李箱站在路边直想骂人。黑伦斯不算乐观主义者，但往往这个时候他总是会调节气氛，拿出包烟，说："来，兄弟们，不如我们就在路边喝几杯，抽根烟——"话还未说完，就看他黝黑的皮肤在烈日暴晒下出了汗。我倒是笑了，觉得要是真有个酒吧，喝喝也无妨，简直就是一个太随便的天秤座啊！步行了大概10分钟，我们3个"落难民工"总算打到了车，结果不到5分钟便抵达旅馆。转过街角爬上一条陡坡，然后又拐进一家种满了葡萄树的院门前，这就是我们今天落脚的地方了。旅馆是典型的土耳其家庭式建筑，从一条小弄堂里穿过去，两栋小别墅被一大片葡萄藤连在一起。住家庭旅馆的好处是轻松自在，不好的地方是你必须要和房东打交道，还好这家店的房东非常好客，之前他在邮件里已经将自家的旅馆描述成了天堂，所以我们刚到楼下，房东便飞奔出门口迎接我们，又是拥抱又是帮忙提行李，那股亲热劲让我的脑子里已经在胡思乱想，搞不好他是我流落在土耳其民间的亲戚吧。

旅馆是兄妹俩一起开的，妹妹40岁出头，看得出年轻时应该很漂亮，留着一头短发，外表看上去不太像纯正的本地人，有着欧洲血统，英文流利且一直面带笑容，鼻梁上架着一副眼镜，像是酒店的管家。哥哥身材有一点发福，一张嘴实在太能说会道，只要你想得到的他基本上都能满足要求，当然，仅限于与旅行相关的部分。经常在哥哥身边看到一个妙龄女子，我想应该是他的女朋友吧。

别墅的楼梯很陡，并且有些年头了，很多装饰都是土耳其独有的风格，比如家里某个亲戚朋友古老的照片，随处可见的土耳其地毯和魔眼（一种辟邪的挂饰），虽然凌乱，但也算干净。

我们的房间在二楼，推开门进去，墙壁上装饰着美丽的花纹，下午的阳光透过窗户照在花花的墙壁上格外好看。我的床头挂了两件民族衣服，看上去其实还挺吓人的，并且因为年久未穿积了很多灰尘。房间不算大，刚好可以放3张小床，推开窗户就能看到外面茂密的葡萄藤，秋天的架子上早已经没有了葡萄，但是叶子藤蔓依旧绿意盎然，微风徐徐吹来，叶子扑扑抖动，令人感到很舒服。旅馆的三楼有一片开阔的公共活动区，地面由五六十块土耳其地毯拼贴而成，每一块都有让人想悄悄偷走的冲动，花纹精巧，远远看上去十分震撼，一个小小的吧台可以供客人早上和晚上在这里吃饭。土耳其人通常喜欢用土耳其茶来招待客人，玻璃杯配一块小方糖就可以化解陌生的尴尬，洗了澡我们便准备在这里和老板聊天喝茶。

老板得知我们是从中国来的，用很惊讶和好奇的眼光盯着我们看，想必在他的眼里中国应该算是一个遥远的地方吧。不过这些年因为经济发展，来土耳其旅行的中国人越来越多，虽然没有欧洲人来往得那么频繁，但是基本上在每个旅行的地点都能够遇到中国人。聊到黄昏时，老板提醒我们四楼才是旅馆的精华，要我们赶紧上楼去看看。一上去才发现果然别有洞天，夕阳时分，不远处著名的圣约翰教堂就在眼前，笼罩在橙色的光霞里，梦幻异常，远处的山脉起了薄薄的雾。

不一会儿旅馆里的很多游客也纷纷跑到楼上，店家慷慨地送每人一杯葡萄酒，而我这种酒鬼就着这良辰美景自然是不会放过豪饮的机会。只是木头不爱喝酒，黑伦斯倒是可以来上几杯，但看得出他还是很节制。我一如往常地在旅途中保持了豪放爱喝酒的醉汉形象，要是在古代估计我就是一个每天醉生梦死的穷书生吧。

因为夕阳太美而不舍得离开，这是我在整个旅行中记忆最深刻的情景，因为总会遇到不同的夕阳美景，而我们毫无意外地总是被那样的美景所吸引。到最后我们3个人认定这是一个夕阳旅行团。

塞尔丘克虽然也算是旅行圣地，但很多人到这里只为了中转借宿。

旅馆楼顶能看到宏伟的伊莎贝清真寺和圣约翰教堂，这两座建筑像是这座城池的标志，同时也是这里最悲伤的记忆。从旅馆出来步行10分钟便能抵达圣约翰教堂，一路上很多人家的植物都伸出来爬满街道。塞尔丘克的日照非常好，到处都明晃晃的。

公元前 48 年到公元前 37 年圣约翰两次和圣母马利亚来过这里，所有的信徒都认为圣约翰的遗体在 4 世纪被埋葬在这里，于是在 6 世纪时东罗马帝国皇帝建造了这座恢宏的教堂——圣约翰教堂，可能是处于地震带和经历了长年累月的冲刷，一个世纪前这里已经成为一片废墟，但这并不能阻挡成千上万的朝圣者对它的神往，于是不断地重建，尽管现在看起来也依旧残败不堪，但你无法回避它曾经的辉煌，一根根石柱仿佛对你诉说了几千万年的悲伤，四处散落的石棺和门帘的雕刻都是无数能工巧匠花费几十年几百年辛苦劳作而成，如今一切都成了过去。

我们站在被地震摧毁过的教堂遗址前，不言不语，两个朋友依旧低头抽烟，我看着这些斑驳的墙壁和倒塌的雕刻，想想在古代这里应该是多么辉煌。此时刚好有一群旅行的学生也走了过来，不知道是不是因为我们的亚洲面孔，而黑伦斯又黑得让人分辨不清，他们纷纷很有兴趣地问我们从哪里来，并且非常热情地要和黑伦斯合照，用我们的话说，因为他太黑了，与这里的本地人很呼应，但黑伦斯则一口咬定是因为自己太帅了。一个男孩问是否可以把照片发给他，看上去也就十八九岁，亲昵地搂着他的女朋友。

我笑着点了点头记下了男孩的邮箱，想想在旅途中偶然遇到的这样的陌生朋友，我们不知道彼此的名字和来历，意外中却有了一张合照，然后用电子信箱邮寄过去，如此短暂的相遇，也是美好。

土耳其的很多景点都有十分人性化的服务，除了门票还会附送一张湿纸巾，不知道是不是怕游客会晕死在景点里，所以备一张小湿纸巾解除夏日的烦恼。

秋天的土耳其白天炎热晚上寒冷，从教堂回旅馆的一路上，我看着他在我旁边走走停停，想，每个人都会有这么一个朋友，总是在你最需要帮助的时候出现。那年我欠了好多张信用卡，他二话不说拿出存款帮我还债；在曼谷过生日，他悄悄在最高级的酒吧订了蛋糕，让我惊喜加感动差点在众人面前没出息地飙泪；当我分手后身无分文地搬家，也只有他陪着我在大冬天里找房子。他是木头，一个站在我身边，值得我一辈子深交的水瓶座朋友。

恢复单身后，我们3个人到土耳其的旅行完全是因为一个玩笑。我在网上看到土耳其的照片太美，他说那就去吧，可当时土耳其签证并不容易办，最后没能成行。我们跑到上海淮海路百盛边的土耳其餐厅吃了一顿不算便宜又难吃的自助餐，还拍了几张照片作为对土耳其旅程的纪念，但我们在心中许愿一定会真正走一趟土耳其。

晚饭时三楼来了不少客人，我们早早在角落里找了位置，点了酒准备为我异地的28岁生日买醉。木头又一如既往地安排了让人飙泪的节目，店家带着蛋糕和蜡烛，所有认识和不认识的朋友一起在阳台唱着生日快乐歌。说实话，那一刻真的很快乐，是短暂的旅途中短暂得留不下抓不住的好时光。秋天的塞尔丘克夜晚有些凉，我和黑伦斯在喝酒，连平日里滴酒不沾的木头也兴致很高地陪喝了两杯，我又大了一岁。

对了，忘记说，有一日我们在一家昂贵的土耳其地毯店前，因为同行的黑伦斯穿得实在太过骚包，橙色小背心、蓝色短裤和红色的鞋子，结果被这家地毯店门口的怪老头看上了，不到 5 分钟，黑伦斯就拉着我们慌乱地逃离了现场。

棉花堡里泡个澡

告别赛尔丘克准备出发去棉花堡。在去土耳其之前就有所耳闻，从字面上来看以为是盛产土耳其棉花的地方，到了才知道我真是孤陋寡闻。

快接近棉花堡的时候就看到了一大片白色的盛景，这座位于土耳其西南部的城市是十分有名的温泉度假胜地，不仅有上千年的温泉，更有像棉花一样绵延的山丘。由于是山坡构成的山脉，一层又一层的石灰岩经过泉水成百上千年的冲刷变成了现在白茫茫的一片，非常壮观。棉花堡小镇并不大，预计停留一两天就能够走完。来到棉花堡一定要穿鞋，不要以为那些岩石很光滑，其实走上去很刺痛，但我们在棉花堡全程都是光着脚在步行。

在土耳其旅行一切都好，除了饮食，因为连想找一家正规的西餐厅都不太容易，只能吃我们熟悉的土耳其卷，几乎都是羊肉和牛肉。最初的两天还兴奋不已，到了第三天直接想吐，可是到了这棉花堡，竟然被我们找到了一家韩国料理店，还有辛拉面可以吃，简直就是看到了宝贝，赶快大口大口地吃下一碗。

如果运气够好，你完全可以拍出白雪覆盖一般的盛况，当然你要避开大量的俄罗斯人在那里游泳和拍裸照。刚好那天我们就遇到了一个如同色情片里的帅哥在冲水，顿时呆掉了。

除了必须要去看的棉花堡外，我们往里走还遇到了温泉，首先让我形容一下那个温泉，有点像仙境，在半山腰，很多古罗马的石柱子东倒西歪地伸在水下，泉水清澈美丽，并且因为是天然的气泡，所以浮在全身的泡泡都能轻盈地在身体上滑来滑去，我一度幻想自己是在圣培露气泡水里畅游，带着一点点迷幻的酒意。远处古老的城市只剩下一座剧院的残垣断壁若隐若现。

这样"奢侈"享受的结果是在气泡水里畅游后的第二天，我的眼睛肿得像两个刚刚蒸好的包子……

我想任何一个踏上土耳其这片土地的人都会有不一样的感受吧，这是一个拜占庭文化以及穆斯林宗教、古罗马建筑、爱琴海、地中海、亚欧大陆都横跨的神奇的国度。你很难在世界上复制这样一个复杂而丰富的地方，你除了可以饱览古罗马的历史遗迹，也可以享受海洋的乐趣，就像这个国家至今都无法加入欧盟一样，它的地理位置太好也太尴尬，自古以来都是兵家必争之地。

一个人也要去看海

总是想去看海，哪怕只有一个人也愿意上路。

度假胜地费特希耶是位于海边的小岛，不断经受着地震的威胁，1958 年的一场地震几乎将这里夷为平地。我一直认为和大海做邻居的城市都是幸福的，因为海边生活着很多心胸开阔、开朗乐观的人，他们从地震的悲伤中走出，不断地翻修重建。

旅途有些劳累，本以为可以好好地享受太阳浴，游泳到天黑，喝酒到深夜，结果木头一早就为大家安排了第二天 6 点起床出海的计划，不过既然有安排就乖乖听话吧。

海岛游比起东南亚来自然贵，潜水我觉得一般，并没有看到太多鱼，运气不好的是第三天狂风大雨。听说这里也有"死海"，不过这个死海是因为出海口是死胡同而得名，并不是那种可以漂浮起来的真正的死海，所以看到后很失望，但是海水有两种颜色也颇为壮观。

最有兴趣的蝴蝶谷没有去成，很意外地在下雨天选择去爬山，更意外的是两个朋友穿着拖鞋在泥巴路上走了很久，其中一位苦恼得简直都要哭出来了。结果在山上遇到两个更悲惨的女孩子，她们已经光着脚走了很久。我从包里拿出拖鞋送给她们。雨渐渐停了，我们继续沿着山脉向前，沿途有很多水果可以随便摘来吃，站在山腰吸一口雨后山中清新潮湿的空气，一手拿着石榴一手拿着葡萄。

之后我一个人摸索着沿海岸线往下走，把手机的音乐调到最大声，海浪声还是淹没了耳机里的声音，我想，哪怕是一个人也应该去看海的，属于自己的海。

通往土耳其的蓝色大门——安塔利亚

从费特希耶乘坐大巴到安塔利亚要四五个小时的车程，沿途风景也算不错，但一下车就遭遇倾盆大雨，让这段旅途的结束多少有些美中不足。预订了一套酒店公寓，算是整个旅程里最舒服的，最重要的是我们终于可以不用再吃可怕的土耳其卷了。准备大施拳脚，去菜市场买菜自己做饭，只是在异国他乡很多食材并不一样，只能东拼西凑地弄点番茄炒蛋之类的食物。

酒足饭饱后旅馆突然停电了，守夜的男生完全不会英文，大家瞬间陷入了绝望，干脆去试试传说中的土耳其浴吧，于是穿好衣服背起包就连夜往古城赶去。

安塔利亚被大部分旅行者视为通往土耳其的蓝色大门，这里除了通商便利，也保存了完整的古罗马社区，而对热爱建筑的人而言，奥斯曼帝国在这里留下了大量的建筑佳作，当然，这些都是我们来到此地之后才知道的。当我们走进古城的那一刻就开始后悔起来，我们为什么没有选择住在古城呢。虽然下着雨，并且天色已晚，可依然无法降低我们对古城的兴致，这座很有欧洲风格的小城保留了完整的传统建筑，甚至穿衣风格，在路边找到了一家有几百年历史的土耳其浴室，大家准备一起进去试试。浴室是木质结构，很闷热，几百年前人们就在这里洗浴，男女分开，每个位置有一面小布挡住，先用冷水慢慢浇全身，很像桑拿，接下来高潮的部分当然是被一个大爷叫出去，有一点像国内的按摩，只见他用一块很大的白布在一只大盆里挤出泡沫涂满我全身，然后按摩，用力地拍打，我当时都被拍得快要哭出来了（偷笑）。洗浴过程大概10分钟，老人家会帮你套上当地的浴巾，然后在外面有土耳其茶和点心供应，尽管没有想象中的那么好玩，但是也体验了一回当地的文化。

安塔利亚的白天和黑夜有着很大的区别，那天黑夜我在港口边面对着黑色的海岸，浪花拍打的声音非常凶猛，我好像要被黑夜吞噬，而到了白天，成群的海鸥和游客穿梭在古城里，完全没有了黑夜中的惊涛骇浪，到处都是宁静温和。路边随处可以看到温馨可爱的咖啡馆和售卖手工艺品的小店，如果有时间大可花上一整天在这里逛逛，很多旅馆和住宅都有上百年甚至上千年的历史，晚上也能看到很多猫走来走去，和电影里展现的区别不大。夜晚，我们在路口的意大利餐厅吃饭。旅途将要结束，短短10天好像是生命的一场轮回，我想所有的旅途都是有独特的结尾的，杂志上的土耳其之旅终于变成了实实在在的风景。

去，你自己的土耳其吧。

第一眼就会爱上的城市——伊斯坦布尔

知道这座城市有点特别，应该是从《伊斯坦布尔的幸福》这本书开始的，家庭、战争和荣誉成就了这本书，同时也成就了这个神秘的地方。旅行的第一站也是最后一站，我想是应该在这里好好转转。

旅馆不算豪华，隐在街角，小而温馨。又是黄昏，在旅馆的天台便可将整个伊斯坦布尔尽收眼底。始建于17世纪的蓝色清真寺是最好的风景，其宏伟度世界闻名，不远处的大海送来伊斯坦布尔秋季已有些寒冷的海风，我们裹着衣服在楼顶抽烟，哪里都不想去。

但蓝色清真寺又怎么能错过呢？奥斯曼王朝留下来的这座巨型清真寺用蓝、白两色的瓷砖装饰，阳光透过彩色玻璃照进来，反射在蓝色的瓷砖上，绽放出奇幻迷离的丰富色彩。进入清真寺内，无数的花纹与地上纯正的红色地毯形成鲜明对比，走进来这分明是红色清真寺嘛。对伊斯兰教徒而言，去清真寺是每天必需的修行，因为只有在这里才能够完全安静下来和神灵沟通。我也曾独自进入过一座清真寺内，碰巧遇见一家人在念诵经文，我离他们远远地坐下来，虽然听不懂也听不清那些经文，但分明看到了他们一家人的诉求与苦难，在神灵面前有些心情应该都是相通的吧，我想。

从蓝色清真寺出来步行就能到圣索非亚大教堂，如果你觉得蓝色清真寺已经把你深深震撼了，那么圣索非亚大教堂只能用震惊来形容了。

下午的伊斯坦布尔下起了小雨，淅淅沥沥的，让人有些烦躁。我们3个人在门口的咖啡店喝热拿铁，也避避雨。

作为世界上十大让人敬仰和向往的大教堂之一，圣索非亚大教堂一定有它存在的意义，但我更好奇的是在一个伊斯兰教为主的国家为什么有一座基督教堂的存在，还能如此辉煌。圣索非亚大教堂的缔造者是顶尖的设计师安提莫斯和伊索多拉斯。特别值得一提的是锡南，这个闻名世界的设计师硬是在战火年代把这座基督教堂改造成了清真寺，这也是圣索非亚大教堂的魅力所在吧，独一无二的设计和曲折复杂的历史，还有围绕而建的宏伟的雕塑群。这里随处都能看到悠闲散步的猫，你也不知道它们已经在这里生活了多长时间，只是那天我离开的时候看到一只猫从灯光下走过，那场景就好像是三毛的《夜戏》，你知道要散场了。

伊斯坦布尔是一生中一定要来的城市，它像放在记忆深处的一座城，与众不同又充满悲伤，而这旅途其实才刚刚开始。

陈绮贞在《旅行的意义》里唱着"你埋葬记忆的土耳其"，每一颗敏感的心总有这样一个有着特殊位置的地方，不仅仅是经纬度上的地理位置，也不仅仅是一段未知的旅程和其间从未见过的风景，而是我们渴望与内心的那个自己交谈的目的地，才应该是真正的旅行的意义。

Chapter
01

Chapter
01

Chapter
01

青岛
醒在有阳光的北方冬日

　　总是需要重复去一些地方，那里的秋天不算温暖，空气里弥漫着熟悉的味道，到处都可以喝到新鲜的啤酒，它总是能牵动我，走远了，再想念一下，走远了，再回来看看。

　　我以前很爱看一部电影，叫 *Into the Wild*（《荒野生存》），一个美国大学生毕业后前途无量，但他厌倦了这样乏味的生活，放弃了家庭，自己去流浪，冰川、原野、牛仔，以及吉卜赛人，他一路走了很远很远，遇到了很多有趣的人，但是太过主观和固执。他也遇到过一段爱情，只是他心中的那个信念驱使着他一直往前走，片子的结尾是他没有了食物，住在荒野里的一辆房车里，每天皮带都要扣紧一格，因为实在是太饿了，最后他吃错了植物，中毒死亡。整部片子的光影和感觉都很美，但结局我不喜欢，因为他死了，而这是根据真实故事改编的。

深夜 1 点，上海下雨的夜晚，这座城市到了夏末便开始没完没了地下雨，买了酒后不想出门，一个人在租的房间里看这部老片子，看完影片翻开电脑找照片。一条路一直沿着海岸线往下，看不到边际，那是一次旅行时无意拍下来的，后来给朋友的小说做了封面。那本叫《恋恋半岛》的青春小说里，记录了过往、爱恋和一座城市，那是朋友的记忆。而每一次的旅行就像是终点，电影里主角也许会离开，故事也会结束，而旅程才刚刚开始。

也许每个人心中都有这样一座城市，有蜿蜒起伏的小路，秋天的时候有些冷清和潮湿，潮湿是因为靠着海边。大片的银杏叶和梧桐叶都变成了黄色，随便走到哪里都好像是走在电影情节中。在旧的旅馆，店家一口北方口音，中午留你在他们家吃饺子，下午你拿着相机听着音乐独自出门，买了袋装啤酒坐在海边喝了起来，耳边响起梁晓雪弹的吉他声，海鸥在大海上不停翻滚，直到消失在天边。

这座城市叫青岛，我心中的"恋恋半岛"。

对青岛的向往应该是从小时候父亲答应带我来此地旅行开始，直到自己独自前来，已经过了 20 年。这 20 年里看了不少的海，却唯独对青岛的海情有独钟，而我想父亲应该早已经忘了对我的承诺，那是儿时内陆小孩对大海的渴望，也是对父爱的渴望。

决定无论如何都要去一次青岛，和喜欢的人。没有计划太久，下了班就买了深夜航班的机票出发。喜欢这样简单又任性的决定，想不了太多，也无法试探。和喜欢的人，好像就要这样，不用说太多，因为所有的迁就都是勉强，只能耐心地磨合，当所有的棱角被磨合成一种默契，便可以相互扶持继续下去。

有时候你太想去一个地方，等到真出发时反而没有了当初的那种激动和惊喜，关于青岛，我应该就是这样。

旅馆在第三海水浴场边上，抵达的时候还是晚上，出租车沿着海岸线一直前行。深夜的大海常常让我觉得害怕，海岸线看不到边际，黑夜几乎将城市吞没，只听得见大海的声音，闻得到淡淡的海水味道，其他什么都看不到。早上醒来得格外早，推开窗户，空气里还有夜里冰冷的味道，一望无际的大海和路边发黄的银杏树，青岛的秋天实在太美。

由于特殊的历史原因，青岛遗留了大量具有殖民色彩的房子。不想吃早餐，没具体计划，就打算漫无目的地沿着酒店外的那条路一直往前走，视野随着海岸线也变得越来越宽广。

喜欢八大关附近，那里每一处都是风景，带着相机在路边买了袋装的啤酒就可以逛上一整天，喜欢山东人说话带着北方口音中特有的坚定，所以在这 10 年的旅行地图上，青岛对我来说一直是个很特殊的地方。

每一段旅程总归是值得纪念的，比如和爱的人来这个地方，和好朋友来到这里，也有和同事旅行来到这里。

我记得那应该是我们最后一次一起旅行了，我们一直叫他胖子，1982 年出生的，其实说他胖真的也没有特别胖，据说处女座有洁癖，可公司桌子上最乱最脏的就是他，我们经常问他："你真的是处女座吗？骗人的吧？！"

胖子负责市场部，平日在江湖上，在三教九流中都混得很开，性格开朗乐于助人是我们对他的一致好评。胖子一直都有喜欢的人，真正的情形我不太清楚，可能他还不够英俊？又或者缘分不到？有一年他和我老板 Tony 一起去日本出差，回来的时候给我带了一个小日历，手按一下翻过一天。如果我忘记了，公司的阿姨还会帮我按一下，这个小日历放在我的桌子上至今都还在用着。说到日历无法不说一下时间匆匆，我们也有一起买醉的时光，唱歌的时光，很多快乐的时光。不久后胖子离职，去了另外一家公司。同事一旦不在同一家公司，就算是好朋友，联络也渐渐少了，但是胖子偶尔还会给我带咖啡喝。实在很难想出来他到底有什么不好的，莫非每个人都是这样，一方面顺利，另外一方面就总是坎坷，比如他的感情。

那年大家一起来青岛旅行，Tony、小岸、Anny、11、胖子、茂、Daniel……很多同事在青岛待了好几天。我记得我们在海边一家很喜欢的咖啡馆买了热拿铁，石老人海不是当地人会热衷来的地方，而我也从来没有见过什么石老人。秋天黄昏的青岛已经开始冷起来，同事提议说在海边拍合影吧，于是架好了相机，大家一起跑到镜头前，咔嚓一声，抓拍，就这样把很多事情都留在了相机里，留在了那一年的青岛。

再次见到胖子是有一次看完话剧遇到他，看他瘦得不行了，我好生羡慕，也好奇他减肥成功的原因，他说就是使劲减肥喽！我笑了笑。不久后听说他住院了，不算大病，几个月后我去香格里拉旅行，途中接到了同事的一通电话，说胖子走了。

我记得当时我就站在草原上发着呆，一句话也说不出来。

有些风景便是这样吧，不同的人有不同的记忆，只是记忆真的就是记忆，想还原一张照片里的场景几乎是不太可能的事了。

人们总是说，喜欢一个人，应该是喜欢这座城市里的人，说实话，我还真的想过在刚刚毕业的时候来这里住一段时间，就在海边，也许会有一段属于自己的爱情。深夜去巷子里喂流浪猫，然后喝酒吃烧烤，醒在有阳光的北方冬日的早晨，和喜欢的人深深地拥抱在一起。

买船票去附近的岛屿，只是因为喜欢坐船的过程。帽子把头完全包起来，风呼呼吹着，两个人就这么一直在海上前行着，渐行渐远。

在青岛，醉过很多次。2011年的秋天，在路边的烧烤店里聊天喝酒。古城很安静，安静到只听得到猫的叫声。在青岛有一个好朋友是北方女孩，喜欢张信哲和陈升，在机关单位工作，爱拍照爱喝酒，我们常常天南地北地从明星聊到做饭、旅行，无话不谈，喝得不过瘾准备换一家再接着喝。我们从路边摊辗转到深夜的小酒吧，也曾一路穿越过整座城市，也曾在海边发呆。我总想，那些时光啊，就是在这黑夜里被斑驳了，唱喜欢的歌说快乐的故事，喜欢一座城市，应该是喜欢它的全部。

像陈升热爱青岛一般，我也对这座城市有着特殊的情感，所以在秋天的假期和一对小情侣一起出行，去了熟悉的地方，见了老朋友，快乐的时光，短暂又令人怀念。

一起来旅行的徒弟西西，水瓶座，有一个交往数年的男朋友，爱过也恨过。她喜欢青岛，她和我说很多女生应该都想在这座北方的城市里找一个男朋友，开着越野车早上去海边吃早餐，有自己的工作，住在老房子里养一只猫，偶尔自己做饭，有固定的朋友。不喜欢去北京、上海那样的大城市生活，虽然可能发达，但是并不一定是自己想要的生活。这座城市的男生应该是有点大男子主义的，固执却又体贴，说着一口厚重的青岛普通话，皮肤因为常年在海边而有些干燥和粗糙，不抽烟但是喜欢喝酒，累了的时候，回到家里靠在爱人的身旁，这应该也算是这座城市的风景。

我想如果两个人能够在旅途里彼此照顾，尊重对方的生活习惯，有独立的空间，也能够在长途夜车上安心地靠着入睡，然后在异乡的清晨醒来温暖地拥抱，那真是人生中难遇难求的幸福。一座城市不一定是因为自然的风景成就了一段旅程，人和故事也许才是真正"恋恋半岛"的原因。

回家的时候经过隧道，

每一次经过隧道都会想，如果有时光机，出口会是在哪里？

是什么时间？如果让你选，你会选何时何地？

Goodnight Song　　　　　　　晚　安　曲

时光的河流里谁不想逆流而上看满山遍野的山花，

听春歌饮秋茶，有住所、收入和爱的人。

河流很浅，很多时候大家只是少了点耐心，被冲回时光里永远回不了头。

度日月：
阳光照进
记忆里

Dancing Through The Time

趁 ， 此 身 未 老

年少渐年少

在你心中有什么歌曲是一听到前奏就会觉得全身酥麻，记忆翻江倒海，好像还不等歌手把第一句唱出来你就会整个人失控的？

28 岁算是一个很特别的年纪，不像 25 岁那么轻狂，也没有 35 岁那么沉稳，带着一丝不确定往前走了起来。人生经历了分分合合，不太敢想未来，因为未来一说好像就消失在了人海。那一天我和自己爱的人坐在演唱会的场馆，灯光暗下来，整个场馆一片漆黑，似乎都无法喘气。5 分钟后，歌手缓缓地从舞台中间升起，前奏刚刚开始。现场要唱的是《当时的月亮》，我很清楚只要她一张口我就完了，果真是前奏一开始我就流了泪，不是感动也不是崇拜，更像是一种倾诉，在这 10 来秒的时间里，对 20 年时光的倾诉，关于 10 年成长的纪念，所有的爱恋、情怀、怨恨都丢在了短短 10 秒的开场，在脑海里一晃而过，你知道，打算真的要和过去做了断了。

总是有一些歌手或深或浅地影响着你，一个声音代表了一段记忆，而这一个个的歌手便印证了你成长的轨迹，不知道你会不会和我有同样的感受，总是有一些音乐让你听到开场便感觉时光倒转、暂停，环绕四周，其实，一切都变了，这就是记忆里的声音。

高三时，第一次听到 Di-Dar（王菲于 1995 年发行的一张粤语专辑），磁带是一个喜欢的人借给我的，一直到 2009 年，我手上的磁带还写着王靖雯，我想我已经错过了王菲最好的年代。在懵懂、无知和缺乏安全感的青春期，恋爱像极了王菲和窦唯，似乎全世界除了这个人以外，没有其他人值得去爱。后来，自然是没有跟送我这盒磁带的人在一起，而我却从那时候起开始收集王菲的唱片，《棋子》《暧昧》《矜持》……每一首都像是一个纪念符号陪着我一路从高中到大学再到毕业。

《矜持》的歌词里写的："我曾经想过在寂寞的夜里，你终于在意在我的房间里，你闭上眼睛亲吻了我。"年少，因为这一首首记忆里的歌始终鲜活。大学时，王菲终于来武汉开演唱会。对一个刚进校门的穷学生而言，买一张几百块钱的演唱会门票简直像是天方夜谭，于是错过。

后来毕业后去了上海，她在上海的最后一场演唱会我不巧出差了，听说她那天摔了一跤并在大屏幕里说："如果有一天我不唱歌了，就请忘记我。"她早已不叫王靖雯，她就是王菲，一个爱过、恨过、我行我素的王菲。

高三的时候听王菲，她唱的是初恋的情怀，唱的是一段不能成全的感情。来上海那年她唱的是成长，而那几张唱片，像是变成了绝唱，从此之后再也不唱。偶尔，我也把这些歌放在iPod，前奏开始我就会按掉，不是不喜欢，只是怕那太熟悉的感觉又席卷而来。

音乐就是有这样的魔力，你不需要说话，哪怕只是一个开场前奏就能让你重新回到熟悉的地方。将近10年，我早已经不是傻气懵懂的高中生，也不是买不起演唱会门票的大学生，更不是错过她演出的年轻人。也许28岁听她的现场刚刚好，关于她的流言从未间断，但不管怎样，她始终还是那个我戴着耳机从磁带机里听到的王靖雯。

那一日，幕布即将升起，音乐一开始便是《当时的月亮》，未见其人，我已泪流满面。

歌手会成长，而我们的生活呢，也是如此，年少到年少，有时候，不过只是10年。

Chapter
02

失 眠 特 快 列 车

　　那是一列从武汉去往西安的绿皮火车，十几个小时的路程，硬卧车票，带了书和 CD 机、食物、水一路从武汉往西去。又一个失眠的夜，手上有廉价的烟，每到一个停靠站都会下来抽上几口。因为车停的时间很短，总是没有办法完整地抽完一支烟便又匆匆离开，站台上有很多跟我一样睡不着的人，但西去的目的又各自不同：去西安旅行，看望爱的人，或者去工作，但我们的终点只有一个，想想真是奇妙。火车在凌晨 5 点的时候经过一座小城，天空已经开始酝酿着一种暧昧的蓝色，像黑夜遗留的最后一抹颜色被冲得变了色调。我一脸疲倦，却在冬天的列车上无法入睡，这是高中时候的失眠。

在旅途，睡不着也有好处，虽然人的身体正疾驰奔往远方，但思绪却可以完完全全地停下来，让我在漫漫长夜里冷静思考。

在去往土耳其的航班上，安静地读完一本在包里放了很久的书；从越南西贡到芽庄的深夜大巴上，始终陪伴的是蔓延在海岸线上的星空和海浪的声音，我想这些都是不失眠的人无法体会的快乐。

失眠的代价便是第二天清醒后整个人像是死过去一次，很痛苦。

我是个习惯晚睡的人，通常要活跃到深夜 1 点，年轻时还要更晚。理由很多，比如晚上比较安静可以踏实下来写东西；看个电影再睡觉往往会有意外的好梦；喝酒之后的幸福感常常能延续很长时间，诸如此类的烂理由。我知道失眠的人多少在精神上是有一些疾病的，虽然嘴上不肯承认，但心里总觉得难过。

身边有一位生活规律的朋友，他常年保持着晚上 9 点半上床睡觉的习惯，不抽烟，偶尔工作需要碰酒，早上 5 点 40 分起床跑步做早餐，给猫喂食，看新闻，然后 7 点准时出门上班，很少应酬也不太旅行，所有的钱都积攒下来为买房子做准备。他独居，偶尔约会，但是防备心很重所以一直单身。我问他会失眠吗？他摇摇头。生活这么简单规律又怎么会失眠？我心里有一些羡慕他的自律自持，但也仅仅是羡慕，我很难想象如果变成他，我的生活会怎样。

生活在有便利店的城市，失眠的夜里最常做的就是去便利店找食物，酒和零食，买了报纸，站在罗森便利店门口吃关东煮，在秋天的深夜特别有味道。

失眠有良药吗？试过喝酒，昏昏沉沉地在酒精中闭上眼睛，可是感觉到的是身体在悬崖边快速下沉，不着边际地心慌。也试过吃安眠药，试过熏香，试过放空自己听一些静静的歌曲。几乎所有的办法都试过了，还是作用不大。直到和朋友去旅行，3个人的房间里我因为时差又在异乡醒了过来，发现身边空无一人，才明白，原来失眠是因为不习惯一个人睡。

我时常做同一个梦，乡下的旧房间里有一张很大的桌子，印花的桌布和粗瓷茶壶、茶杯，点了香，是附近佛堂里缭绕的沉香，安静温暖。房间外树叶随秋风散落一地，树叶无人打扫，就那么厚厚地铺了一层又叠了一层。我坐在那里看书，然后睡了过去，最后我被一个人拍醒了，然后就真的醒了。很多人无法睡眠是因为梦境，梦有好有坏，小时候不懂事，最怕梦到鬼怪缠身。长大后爷爷过世，第一次梦到的时候有一些害怕，那个时候还在读大学，买了纸钱去天台烧，估计是爷爷没钱用了；工作后偶尔也还是会梦到，只是不害怕了，感觉就像是很温暖的人在身旁，我想这便是家人对于梦境的力量。

从小我就爱做梦，越长大越害怕做梦，不是害怕做美梦，更多是害怕做噩梦，梦境里的一切是真实的也是虚幻的，就像是失眠症一样无法控制，你看，这会儿我还没睡着呢。

Chapter
02

没有你，世界荒芜一片

　　很久不买唱片了，不是不想买，而是科技发达把所有音乐都放在手机里，就像很多人不看纸质书了一样，让人没有太多好的期待。再则这个行业本身也在萎缩，一张唱片和一本好书是一样的道理，你无法拒绝打开的那一刻的快乐，翻阅唱片封面和歌词的快乐，以及从 CD 机里缓缓流出音乐的快乐，这些快乐会让你记在脑海，是网络下载无法拥有的。

　　2012 年某个工作的早晨，我早早洗漱完在酒店吃早餐，同行的工作人员还没有到酒店来接我，我戴上耳机，然后一个人去河边散步。东南亚的城市总是会下些阵雨，来去匆匆。我买了热咖啡，在这么燥热的天气喝了起来，河岸上有一些船只开始工作了，它们在这里"生活"有几十年的时间吧。

耳朵里，许美静的声音沙哑温柔。这条河，叫新加坡河。

第一次去新加坡，是因为一段感情，而再次来到新加坡，已经是 6 年后的事情了。新加坡，一座每天都在变化的城市，不同的种族、文化交融碰撞。人们生活在这里，而我，只是偶尔路过。

酒店位于新加坡河附近，房间的落地窗看得到整条新加坡河的风景。我对新加坡没有太多感情，但对新加坡市这座城市，却是情丝万缕。

中午在滨海湾金沙酒店的楼顶吃饭，还是很想喝酒。碧海金沙有个名叫"无边际"的游泳池，跳下水，整座城市就好像是要淹没在头顶的水面里。点了新加坡司令，一款只属于这座城市的鸡尾酒，冰爽无比。闭上眼睛，才意识到已经是 2012 年了，我再也不是 2006 年陷入爱情的傻小子，爱的人，估计早已经离开这座城市。我没有回想，因为那已经不重要。

邓布西山的 PS.Cafe 正对着植物园，坐下来才发现整个店里只有我一个。看得出，这是一家很用心的咖啡馆，明亮的落地玻璃窗和简约的北欧家具，让你没有办法不喜欢这里。有那么一刻我在想，要是那一年，义无反顾地来此工作和定居，现在我又会过得怎么样？

越堕落，越快乐。

在浪淘沙的环球影城里看场电影，你还记得第一次去看《变形金刚》是什么时候吗？夏天，上海来福士广场的 IMAX 影城，最后一排，看得人血脉偾张，而这时我依旧是一个人，在一个熟悉又可爱的地方，突然觉得眼前的画面无法去分享，这是一件难过的事情。

许美静，是的，在那个唱片高产、歌手争艳的时期，许美静能够被人记住实在不是一件容易的事情。这个新加坡歌手几乎没有在中国开过大型演唱会，出过几张脍炙人口的唱片后便悄无声息地消失，最近关于她的新闻也无外乎精神病、感情问题这样的关键词。曾经轰动一时的新闻早已被人遗忘，那个跑到酒店大闹，被当作精神病请出来的许美静要有多大的勇气才可以抛开名利、音乐，去争取那份令她心碎的爱情？

许美静是敢爱敢恨的女子，如她的音乐，坚定又充满着期望，曾在无数的岁月里，旅途中都有她沙哑的声音。《边界 1999》《遗憾》《蔓延》……藏着多少往事和爱情，你知道的，那样的唱片时代，再也回不去了。

旅行，总是要离开的，离开的那个清晨我起了个大早，5 月的新加坡，整个城市还没有热起来，我在河边一直走啊走，刚好看到了一家刚开门的唱片行，我探进头问店家："有许美静的唱片吗？"店家很诧异，翻箱倒柜地从箱底找出了一张台湾版的唱片，说："现在新加坡的年轻人几乎没有几个人认识她了，她唱歌多好啊！可惜了。"我笑了笑说："在我这个年代，就因为听过她的歌才知道了新加坡。"读书时躺在宿舍的床上听，去上海时坐在火车上听，去悉尼时在长途的夜航飞机上听，而今天我在新加坡河边，像是一个起点也算是终点，只是那些都停在了脑海的记忆里。

　　"没有你的世界荒芜一片，思念静静蔓延。"这是在新加坡买的许美静唱片里《蔓延》的歌词，也是我此时的心境。

Chapter
02

30岁，混得还可以

我一直在想，人总是有两种活法，要么好，要么差，一直活到快30岁才明白，好与坏都不过在一念之间。

乔布斯在30岁时因为和行政总裁不和，一气之下卖掉了所有苹果的股权，然后说："最开始的几个月，我真的不知道要做些什么。我把事情搞砸了，成了尽人皆知的失败者，我甚至想过逃离硅谷。但曙光渐渐出现，我还是喜欢我做过的事情。虽然被抛弃了，但我的热忱不改。我决定重新开始。"

虽然我不是苹果的忠实粉丝，却很钦佩能够在 30 岁创业或者事业成功的青年才俊。30 岁，如同一场离开学校的测验考验，成绩有好有坏，结果就体现在接下来的 10 年。

18 岁贪玩，不知道未来是什么，不学无术，一心想着谈场恋爱，或者到处去旅行。环游世界必然成为那个时候最俗气也最浪漫的想法。背着包去了不少地方，大部分都是国内的城市，常常在陌生城市的街道一走就是大半天。高中的毕业旅行选择和好朋友去黄山再转到杭州，玩到最后连回家的路费都没有了，幸好有个好心的朋友给我们买了票才能回到家。高中住校的那几年每个月都要把生活费花光，常常吃方便面熬到月末，结果有段时间我一打开方便面直接就吐了，吐的不是方便面，而是自己给自己的辛酸，那时我便明白，所有的苦难其实都源于自己。

我是一个甚少和发小以及同学来往的人，不是刻意不来往，只是我好像从一开始就走了一条和他们不同的路，一直到几年前我才坚定地告诉自己这不是一场冒险。

也许所有的成长都源于一个不太切实际的梦想。当老师问我要做什么的时候，我的回答是：我要当一个画家！

虽然是信口开河，可这个想法却一发不可收，20 世纪 90 年代初，日本漫画在全国开始风靡，除了电视动画外，一些杂志和书籍也慢慢进入视野，要知道那可是一个连漫画笔和网眼纸都买不到的年代，更别说画画了。真正想画画是从高二开始，因为那一年的选择像是预示着自己的未来，报文理班还是艺术班，我偷偷跑去报了艺术班，笨手笨脚地画了张素描，老师看过后居然说，还行！想读的话要和家人商量商量。我满心期待又十分忐忑地回家，家里人的反应是一百个反对，就像当时不允许我写作一样，画画的梦想就此断送。可是心有不甘，和几个同学到乡下租了个房子，要成立个工作室，连画什么主题都想好了，可是不到一周，我们便对现实低下了头。

高中即将毕业那年，我时常来武汉，网络为我的整个世界打开了另外一扇门，于是逃学，通宵上网在所难免。好几次我在武汉的江汉路上走啊走，身上大概只有20块钱，那应该是我记忆里最苦的一段日子。

一进大学就想着摆脱高三时借钱度日的惨状，打工赚很多钱，去更远的地方成了我大学时的目标。一直觉得自己算是个幸运的人，因为太过执着某一件事情，有好也有坏，好的是坚持，坏的是运气，稍微差一点人生也许便会走上另外的路。

开始在网络上写字，从每天的记录慢慢变成了一种习惯，最后变成了职业。这期间，我走了快10年，24岁带了几千块钱从武汉来到上海，最苦的日子也不过是吃着速冻饺子，取走银行里最后的84块钱。我一直很庆幸自己有过这样的经历，如果没有那种日子，我可能没有现在的清醒。

30 岁应该是怎么样的呢？这个问题在 26 岁前我从来没考虑过，觉得那始终是一个很遥远的数字，吃喝玩乐便好。欠银行信用卡，用最低还款，交了个朋友，花心地还要看看其他，要买最新款的手机。不要说我俗气世故，先问问自己有没有动过一丝这样的念头。

直到过了 26 岁，事业跌入低谷，失业紧接着的是失恋，曾经想放弃一座城市，迷茫过，也失落过，翻了翻那一年的博客记录，几乎觉得人生好像已经走进绝境。

没错！26 岁的时候我们经常觉得好像什么事情都快要结束了，很着急，追一个人巴不得明天就得到，想买一件东西不能超过 3 天，去一个地方必须要在今年完成，就是这么任性。然后呢？时间将我磨啊磨，磨得没了脾气，没了坚持，固执偶尔还会有，但也懂得了平衡和妥协。

同学会上见到了几个老同学，大多样子都没有变，变的是生活，他们很惊讶地看着我，因为我实在不是一个常出现在同学会的人，有好几个姑娘都带着小朋友，曾经喜欢我的女孩已经做了妈妈。对于我在上海做什么，他们一直不得而知，一般总会这么形容我——"混得还可以"。

我们总是喜欢用"混"这个字来形容，30岁像是一棵树，大概长成了形状，等待着继续按照自己的方向走。这些年有朋友说我成功，我都不以为然。我一直记得初到一家杂志社工作，第一次和老板Tony出差去香港，那一天他告诉我，在他30岁的时候已经赚了好几百万，但是他觉得还不是享受的时候，于是依然住在破旧的老房子里。直到他住到觉得可以了，可以开始享受生活了，但也不忘继续努力工作。

多一点耐心的想法是30岁才有的，我一直觉得，现在过得好，以后也不一定更好，只有保持这样的心态才能够见证人生的起起落落。

写完这些字已经30岁了，突然觉得以前固执的坚持原来是有回报的，比如喜欢写字，一直写一直拍，然后在某天就变成了书，与更多的人分享。总有朋友问我要怎么样才能拍出好看的照片，我说就是多拍吧，你看我都拍了10年了，在没有被人肯定时就先别享受肯定带来的喜悦。

30岁，是而立也是成长的年岁，谁的30岁，说到底，还是自己的。

回忆比记得要珍贵，而往往也爱刻意丢失。

Goodnight Song   晚 安 曲

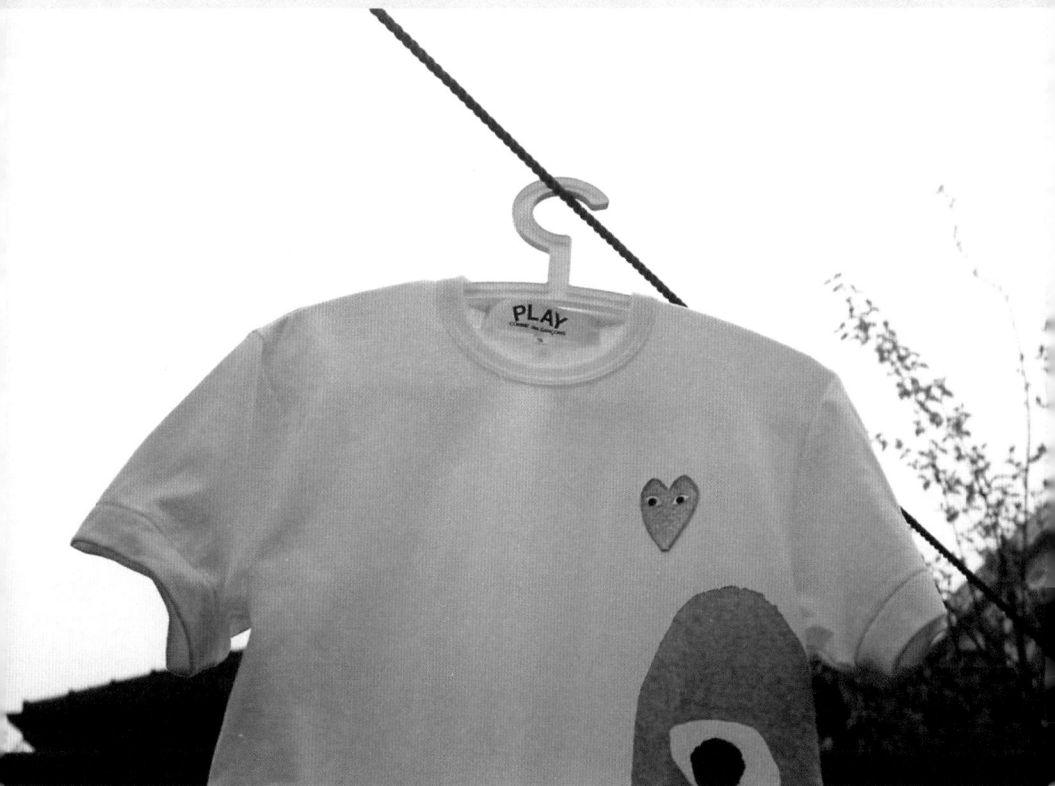

什么是生活？你偷生，他快活。

无关
纪念

Dancing Through The Time

趁 ， 此 身 未 老

搬家记：
如果墙会说话

　　说起搬家，应该从我这些年印象颇深的一部贾樟柯导演的《二十四城记》说起，一个从北方迁移到四川的飞机工厂，因为特殊的历史原因一度辉煌，让人骄傲，而当"改革"席卷而来时，工厂也暴露出了很多现实的问题：工人收入微薄，排放物污染严重，曾经意气风发的年轻人集体遭遇中年婚姻危机。整部电影贯穿着一个又一个工厂里的工人的独白，他们语言朴实，情绪平淡，似乎所有因时代动荡而带来的改变与苦难都与他们无关，他们说的是自己的故事也似乎是他人的过去，他们只是神情时而忧伤地讲着他们的青春、他们的迷茫。电影看完我泪流满面，因为在中国，电影里这样的新城区变化数不胜数。

小时候住在湖北应城长江埠的制盐工厂，以前是军区大院，大部分人是因为"下放"或工厂招工，从城市、农村搬家至此，爷爷就是在那个时候带着妻小从武汉搬到这里。当工厂渐渐被改革湮没时，叔叔们都慢慢离开这个工厂小镇，再次搬回武汉，而我们家和三叔家留在了这里，一直到今天。

工厂大院很大，聚集了五湖四海的人，普通话、武汉话、孝感话、当地话都有，每次上学的时候都特别骄傲，好像我们和当地的小朋友有许多不一样。我们家是位于大院四楼的两室一厅，和很多大城市的小孩子相比，我们家算宽敞不少，我有自己独立的房间。每到暑假，我总是到竹床上面写作业、看电视、吃饭，竹床是一个家的夏季必需品。除了偶尔有蚊子，伴着夏夜的轻风和青蛙的叫声入睡是最值得回味的美好时光。

直到今天我还一直怀念那些和小朋友们一起在竹床上看星星的夏夜，星光照亮了城市的角落，星星点点有点模糊却又异常美丽。这是我15岁之前的第一个家。初中那年经历了第一次非正式的搬家，其实也就是搬到前面一栋新房子里，依然在同一个小区，走路大概5分钟。可当我睡在新房子的第一晚竟感到莫名的悲伤，或许这样的变动是一种告别，与过去无忧无虑的生活告别，与陪伴我成长的那个老屋告别。某天晚上我跑回去看我生活了10来年的房子，然后关上门，再也没有回去过。

离开老家的那套房子，算是真正意义上的搬家吧。大四那年打包了所有的东西一个人去上海，走之前和武汉的几个朋友吃饭，说："兄弟，我走了，多保重。"可是这一走，竟是 10 年。那年我的体重才 60 公斤，10 年过去了，虽然按照一年一公斤的额度增加到 70 公斤也还好，可是每次早上醒来看着镜子里的自己，我还是会想，是多么大的勇气让我放弃生活多年的城市来到这个陌生的地方呢?

　　我一直相信每一间房屋都有着它的灵魂，或多或少你也许还曾与这房屋的灵魂碰过面，别害怕，我说的是下雨天屋外要搬家的蚂蚁，房间内因潮湿掉落的墙皮，以及旧时门廊檐下的燕窝，家门外的鸟巢，郁郁葱葱的植物，仿佛一切都在告诉你，一个家是要有柴米油盐有烟火气的，有朋友有爱的人，有下班回来为你亮着的灯，有清晨起来熟悉的味道，哪怕只是清新的空气，也一定会有所不同。

　　来上海前很羡慕书本里或者是电影里石库门的老房子，《花样年华》里的木质楼梯，每走一步都有咯吱咯吱的声音，你可以闻到邻居家做饭的味道，更可以听到嬉笑怒骂。因为持续的雨季，屋子总是潮乎乎的，养只小狗，种些植物，日常生活靠周边的外卖和便利店，喜欢看电影到深夜，有时一个人喝醉，偶尔会约会，却从来不留人过夜，可是那样的房子应该终究不算是一个家。

来上海 10 年光阴了，搬家的次数不算少。在上海生活绝不是你想象中或电影、书本里描述的那样，高额的房租几乎能分掉薪水的一大半。大部分上海的房子都有公房，一个楼梯旋转下来有很多住户，邻居阿姨对陌生的年轻人都很好奇，但如果你是外国人或者在高档写字楼上班，她们就会对你另眼相看。邻里之间通常不大往来，混个脸熟后偶尔见面也只是微笑一下，这些反而让我怀念起小时候的左邻右舍，放学回家早了赶上家里没人，便跑到隔壁阿姨家看看电视喝瓶汽水，逢年过节谁家做了好吃的还不忘记给邻居们拿点。在今天，这些几乎都成了记忆，关上门，便是自己的世界。

10 年内我搬了很多次家，说来有些丢人，每一次搬家都是因为感情。仔细想想，一段感情决定了两个人的居住，这里面其实包含了一个有趣的定律：如果你和本地人恋爱，几乎不太会存在同居的情况，哪怕有也是少数，你们各自有独立的空间和环境，不会轻易选择一起生活，因为那意义太过重大；而对像自己这样从外乡来上海的人而言，一旦恋爱很快就会选择同居，分手通常也就意味着搬家。

有朋友笑话我，如果见到我大量采购宜家用品时便能猜出我十有八九正在分手期。其实一个人住并不需要太多东西，但我实在太想要看到家里摆满了自己喜欢的东西，尽管有时候这是一种自我安慰，要一张好床，起码有一个沙发，朋友来了可以聚会；还要一张桌子，能够趴在上面写作，偶尔做饭聚会。每一次都是这样充满期待地买，却在每搬一次家时毫无眷恋地将它们丢在那里，故作轻松地离开。

同居过也独住过，住过老式的公房、酒店公寓，也住过老式别墅。

那年冬天，上海真的很冷，7 年的感情走到末路。最冷的时候要一个人去找房子，找了三四天还没有眉目，后来朋友木头陪我一起找。因为预算内的价格几乎看不到像样的住所，最后决定要追加预算找一套舒适的房子，然后激励自己好好工作。就在那个冬日的午后，我们在上海富民路、巨鹿路附近见到一位 60 多岁的中介老大爷，那附近一带有很多老式房子，同时也有很多风情各异的咖啡馆、餐厅，以及一两家独立书店。"位置很方便，转过这个街角就到了。"老大爷边走边耐心地跟我们说。

到了一个大的铁门前，墙上的门牌上赫然写着"蔡元培故居"，当时我和木头都被吓了一跳，两个人愣愣地互相对视了一眼。虽然正是 1月隆冬，但这个小小的院子里还是有很多植物，郁郁葱葱，一栋栋老式别墅排列，蔡元培故居现在作为博物馆也并列其中。

要出租的房间位于三楼，一推开门就能闻到一股旧旧的腐朽的味道，家具破旧，洗手间在屋外，房间面积不算小。我站在阳台上，冬日有点冷冷的阳光正好照满了整个阳台，外面是萧瑟的树，看得出在夏天应该是非常茂盛。我知道，这就是我想要的房子，在梦里，在大学的书里，在不断反复的记忆里。

对刚刚结束一段感情的人来说，只想尽快搬家开始自己生活的念头仿佛是一种独身逃亡，从一段变旧的感情离开进入一套更加陈旧的房子，如果墙会说话，必然也会记得我那时默然的心情。

很快借钱付了订金，很快搬了进来，全部换了新的家具，慢慢地，从家徒四壁变得有些家的样子了。

我一直以为，这应该是我最后一次搬家，同时也是我长大后第一次有了买房子的想法。那时候的我就像是没有根的树，有些厌倦了那样居无定所的生活。

接下来的那个春天，我一直在旅行，这里那里，有过孤独有过无奈。

夏天的时候我走到了越南，在西贡的夜晚醉得一塌糊涂，完全不知道自己身在何处，但我想念上海那间旧旧的屋子，那个孤单的家。我知道，我与那个爱过的人再也回不去了，就像《春光乍泄》里那盏似乎会说故事的台灯，打开又熄灭，只是静静的。

我想，我该回去了。

Chapter
03

飞行记：
时 空 转 换 的 归 属 感

"世界上有一种鸟是没有脚的，它只可以一直地飞呀飞，飞得累了，便在风中睡觉。这种鸟一辈子只可以下地一次，那一次就是它死的时候。"——王家卫的《阿飞正传》

3月27日，上海—青岛

4月5日，上海—北京

6月23日，上海—悉尼

7月2日，上海—新加坡

8月19日，上海—台北

10 月 2 日，上海—伊斯坦布尔

…………

忘了从什么时候起，我的手机备忘录里就多了这样的飞行记录，像一个个与时间地点相关的记号等着我去画掉。

"我随身带了星野道夫的《在漫长的旅途中》，熟悉的香水味和很多棉布 Tee 在身边，6 卷胶卷、一只卡片机和信用卡，还有仅有的一点现金，可以工作写东西的上网笔记本电脑，这是我的全部。故地重游又何妨，只是想离开城市喧嚣看看书晒晒太阳。旅途只有文心和我两个人，可谓孤男寡女，很合适的组合，和她在一起很安心，不用彼此照顾又有默契感，上路了，大家端午节快乐。"

这是我在 2010 年 6 月在博客上写下的一段文字，那年的冬天我刚刚经历一场分手，7 年感情和东西被打包成了十几个箱子就搬家了。大病了一场，感冒加咳嗽，几乎从不开暖气过冬天的我在那个冬天每晚都开着暖气，也就是在那个冬天，我因为咳嗽了很久把烟也戒掉了。初夏买好去昆明和香格里拉的机票，打算出去走走。在很长一段时间里，我都十分迷恋这样的飞行，哪怕是经济舱，哪怕是不尽如人意的航空公司，因为我觉得只要几个小时便可发现世界如此之大。

看过《在云端》，不禁羡慕，需要多少距离的飞行才能拿到一张金卡，而又需要走多远才能遇到一个爱的人。爱飞行，很多时候只是喜欢在时空转换下寻找一种归属感，黄昏的西贡街头、深夜的成都大排档、清晨的首都机场——每一次飞行都像是等着自己去完成的使命，并且每个人飞的理由也不一样。

你还记得自己第一次坐飞机是要去哪里吗？我的是在夏天从武汉飞到上海时，很笨拙地一个人背着包去换票，没有人告诉你要怎么做，小心翼翼地跟在人群里一起排队过安检。上海的旅馆在外白渡桥附近，住下来的当晚一个人在黄浦江边喝了起来，这算是我初次飞行。然后开始辗转，从上海到南京，再从南京机场飞回武汉，自那之后，我便爱上了飞行这件疯狂的事情。

"不知道你有没有像我一样，曾经为了一段感情跋山涉水，在两座城市之间飞来飞去，从最初的一周飞一次，到一周飞两次，你几乎都忘了飞行这件事情，只是很疯狂地想要去那座城市。如果你正在谈一段异地恋，一个月里你却连想要飞去见他/她一面的欲望和勇气都没有，那么你们应该早早分手，金钱、时间只是借口，最重要的是心。"

我在深夜1点半的小酒馆里和一个朋友说了这段话，他固执地找了很多理由，比如，我们需要独立的空间，我们很理智，我们不需要那么黏在一起……我心里只想到了一句话——"你们根本不相爱"，但最终这话没有说出口。毕竟，爱情不是我的，是朋友的。

除了爱飞行，也爱飞机周围的云，你能感到每一朵都是有生命的。国内短途结束后便开始了漫长的飞行，从香港到悉尼，从上海到伦敦，从上海到曼谷……越飞越多，越飞也越害怕，这算不算一种老去的现象？年轻时觉得只要能飞就好，现在要看航空公司，要看餐饮，要看娱乐系统，还要看是否有里程，我问自己到底是为什么在飞，而人为何喜欢飞行？

喜欢飞行的人，内心都是寂寞的。

Chapter
03

约会记：
无疾而终

你多久没有约会了？

我经常问身边"绝望主妇"式的朋友，说是"绝望主妇"其实无非是因为现在的人懒了也害怕了，情愿待在家里也不愿去餐厅咖啡馆你谈我笑地约会，并且害怕的不止这一点，如果对方只是找情人又或者不是以结婚为目的，那么所有的约会都瞬间成了炮灰，于是朋友们周末都情愿赖在家里而不去计划什么约会。

我并不抗拒约会，好像在东奔西走地寻找猎物的同时又经常跌跌撞撞地迷失在偌大的城市丛林里，每个人都变成了猎物，自己也是。

一直相信我们只是需要机遇邂逅那个对的人，所以在不确定的时候常常会迷路。A 先生，29 岁，金牛座，已经到了高危的结婚年纪，保持单身独居，喜欢健身旅行，在网上认识了 28 岁的 B 小姐，处女座，两人相聊甚欢，感情升温极快，交换了视频，看了照片，每天早上 B 小姐还会收到 A 先生的"早安"，晚上则是"晚安"，住在同一座城市，聊了半个月却不见面，为的是将这段难得的感情期待维持得再长一些。

在一个加班的夜晚，A 先生鼓足勇气约 B 小姐周末吃午餐，地点是东湖路的新元素露天餐厅。已经是 5 月的上海，天气刚刚开始热起来，做广告的 A 先生收入还不错，B 小姐是本地女生，第一次和外地男孩谈恋爱，家教很严，以前父母有非静安区、卢湾区（今属黄浦区）、徐汇区的男人不嫁的规定，只是到了适婚年纪这些规定都通通作废，找个靠谱的好男生才是正途。

为了能提前到约会地点，A 先生早早跑了步洗了澡，喂完家里的狗，换上一身搭配好的衣服出门，今天他选的是 CK 衬衫和 GAP（盖璞）牛仔裤，配一双 TOD'S（托德斯）的鲜黄色鞋，把裤脚简单卷了卷，像极了城市白领，但他只喷 KENZO（凯卓）的香水，因为那味道淡到你几乎可以忘掉。B 小姐也如约而至，看到 A 先生默默地点了头，像是第一次和人约会的样子，B 小姐穿了小套裙，戴着大大的墨镜，看来是用来遮挡因前晚太过紧张而产生的黑眼圈。

开场不错，聊聊细节吧。B 问 A 交过几个女朋友，A 如实回答 3 个。B 问 A 想结婚吗？A 如实回答想，可是买不起房子，B 小姐默默在心里减去了 20 分。B 问 A 平时常来这里吗？住哪里？A 说偶尔，就住华山路的老别墅洋房，B 在心里加了 5 分。

几个来回都交代差不多了，A 是个老实人，只是想谈恋爱，没有很多钱买房子，喜欢旅行，类似这样的男生在城市里很多也很少，多的是外貌，少的是内心。

一般约会在吃饭结束后便能看出个端倪，B 小姐说，下午还有事情不能继续待了。A 说好，那自己去看电影，B 小姐没有问电影名字。

就这样，散场了。

食物记：
一个人也要好好做饭

有时候觉得很多情感都不是突如其来的，成长的环境和特别的味道都有影响。以前很喜欢那种泥土的芬芳，夹杂着暴风雨的味道，潮湿而又阴沉。对于味道的依恋除了嗅觉更多应该是味觉，不同的城市可能因为不同的食物有不一样的感情，北方的朋友可能是因为一碗炸酱面、一顿姥姥包的饺子，上海的朋友则对妈妈做的一碗红烧肉记忆深刻，而对湖北的孩子来说，一碗排骨藕汤应该是对食物的全部记忆。

高中的时候在异乡读书，从陌生的城市回到老家，母亲经常会炖上一夜的莲藕排骨汤等我回家。汤是种很奇怪的食物，每一勺似乎都充满着情感，不像炒个菜煮碗面那么简单，因为需要慢工小火久炖，情感也是这般绵长，不是速冻食物可以取代的，更不是外面某家餐厅的菜品能够满足的。除了汤之外，母亲通常还会做个酸豆角炒肉，装在瓶子里，我再带着它回学校，这一瓶子酸豆角够我吃上几天了。

湖北人爱吃米粉，和湖南、广西差不多，米粉几乎是早餐的主食之一。我记得家乡的小镇上刚好有从北京搬来的一家人，他们在工厂的门口租了一个小门面，除了常规地做牛肉米粉、素米粉外，还有一种我特别喜欢的炸酱米粉，酱用肉丁和榨菜熬制很久而成。其实在此之前我还不知道炸酱面是什么味道，以为和炸酱米粉一般。那时候我每天的早餐费是两块钱，母亲前一天晚上会把钱放在桌子上。每天早上起来第一件事便是拿着这两块钱想想今天可以吃些什么。炸酱米粉两块五毛钱一碗，我至今还记得这个价格，那时候母亲月收入不过三四百块钱，两块五虽然不多，但对一个勒紧裤腰带过日子的家庭来说已经有点奢侈了。我经常想着给自己奖励，攒几天的早餐费去买一碗想吃的米粉。寒冷的冬天，早自习 6 点半开始，我经常在 5 点半天还未亮的时候出门，带上一个蓝色的搪瓷碗，兴高采烈地跑去买热腾腾的炸酱米粉。我记得我总是站在门口，看着滚烫的汤把米粉快速地烫熟，然后再把熬制一夜的炸酱淋在上面，加一点葱花和辣椒，然后在寒风里边走边吃，吃完后便心满意足地跑进校门。碗呢，当然是留到回家丢给母亲洗，这样积攒着过日子的快乐过了一年半，某天早上我照常去到那家店，但是店门紧锁。我以为是老板贪睡开门晚,等啊等,等到离上课还有15分钟,我知道我等不了了,从那以后,那家米粉店再也没有开过门。

　　那应该是我第一次对食物产生了眷恋,因为不能拥有便时常觉得可惜。食物和情感一样,有些东西总是停留得那么短暂。美好的东西总是容易失去,不然我们怎么知道它们珍贵。

　　刚到上海的很长一段时间里,我都吃泡面和速冻饺子,我一直很不理性地说这是我发胖的根源。尝试着学做饭,从最简单的炒蔬菜开始,接着又学炖菜。好朋友小黄瓜应该算是我的老师,很多初学的菜都是他亲手教我的。其实,很多人说不会做饭做菜,无非是因为懒惰。做饭这件事非要等到一定年纪了才会体验,不是年纪大了,而是懂得了生活并不是饭店外卖和路边摊就能打发的。尤其是两个人在一起生活,做饭就变得更加必需,有了人,有了炉灶,有了烟火气,才像一个家。

　　食物是生存所需,也许是情之所至。

Chapter
03

Chapter
03

养狗记：
生命里的新成员

生活总归是要有生活的样子，柴米油盐、粗茶淡饭，偶尔旅行、偶尔恋爱。很多时候，生活像是一张白纸，写满了沧桑又好似才刚刚下笔。记得给一个朋友发短信的时候说，对于恋爱关系，大部分人包括我在内都存在一种质疑，谁才想和你长相厮守？谁才是能够一直陪伴在你身边的人？

六七年前，朋友因为无力照顾一只小狗，决定放弃它，当时我也帮他给小狗找过新主人。但放弃怎么会是轻松的事情？最后，我答应来养这只小狗，小狗名字叫豆豆，什么品种至今都不太清楚。

它第一天来的时候就耷拉着脑袋蹲在主人身边，好像已经知道主人要把它送走了。我把它接回来的第一个月，每次我叫它的名字它都不太理我，慢慢地，它才熟悉了我的声音。当时我是自由职业，经常日夜颠倒，豆豆也是这样跟着我。日子久了便觉得生活里有一个伴，照顾它大小便，带它去洗澡。我一直惊讶，连自己都照顾不好的我怎么会有勇气答应养一只狗？

3个月后，我觉得实在没办法照顾豆豆，于是它又面临被送走的命运。我给它买了它最爱吃的东西，然后带它下楼。平时它出去玩头也不回的，但被新主人牵走的一路，它三步一回头地看着我。我转过身，不敢再去看它。

从那以后，我基本上习惯了一个人的生活，再也没有动过养任何小动物的念头。

身边养猫养狗的朋友有时看我独来独往实在孤单，也劝我再养一只狗，我摇了摇头。把它带回家便是责任，不能轻易决定。

7年后，又开始和一个新鲜的生命一起生活，依然是狗，名叫大麦的拉布拉多，一岁半的"大男生"。

搬家到了浦东，第一天回到家，家里就乱成了一团。放下行李开始耐心收拾，它被关在阳台上。初春的上海，一吹风还是冷得刺骨，它身上灰白色的毛很厚重，红红的鼻子，耷拉着脑袋在阳台回头看看我。它一直蹲坐到黄昏，把它从阳台放回屋里，它像吃了兴奋剂一样扑向我。说实话，对于一只站起来和我一样高的大狗，我内心还是充满着恐惧的。

玩累了之后，它自己趴在墙角，低垂着眼盯着我看。可能是饿了吧，我想。于是端食物给它，它没有吃，只是依旧在那里一动不动。

一年半前，我的朋友失恋，我至今也不知道失恋后的他为什么会有养狗的念头，然后就这样带着一身的疲惫跑去狗市场找到了这只拉布拉多，它品种纯正、样子乖巧，小时候的大量照片让我认定大麦一定是一只充满了忧郁的拉布拉多，水瓶座，满身都带着宿命感。

朋友工作很忙，大部分的时间都是大麦独自待在家里，有时候尿憋不住了就尿在阳台上，深夜1点多才能吃上饭，看着它，心疼。

来到我这里后大麦像是失落的少年找到了家。其实动物的命运大多不过是流浪在外，幸运的能够有一个稳定的家。大麦和我还并不相熟，对它而言只是家里似乎多了一个新朋友。我猜它一定很奇怪，为什么在平静的生活里，突然冒出了一个怪叔叔每天晚上带它去散步，吃饭，逗它玩，这个人为什么要做这么多事情？

我想，日子要过，路，还长。

我生命里的新成员，大麦。

Chapter
03

这座城市那么大，大得时常让你迷了路，雨声渐起，下班归家，吃泡面喝冰水，
听熟悉的歌曲看陌生的电影，就像冰箱里快过期的波子汽水伴随着秋天的小雨点。

Goodnight Song　　　　　　晚　安　曲

夜幕来临，所有的面孔都变回真实的样子，谎言、欺骗、爱恋、仇恨都带到了梦中，
你无从选择梦的开始，但是可以选择结束。

Chapter
04

狐朋
狗友

Dancing Through The Time

趁 ， 此 身 未 老

水 瓶 林 先 生

你的生活中肯定有这么一个朋友，他外表普通，总爱挑三拣四，一见面你们就互相攻击挑剔对方的不是。双方的自私将很多小问题无限放大，可又总是很神奇地一瞬间化解。活到 30 岁才发现，认识新朋友特别容易，随时随地都有可能与陌生人产生交集，可要遇到一个真心的朋友就像找个甜蜜的情人一样困难，1 年、5 年、8 年……时间洗刷了你的成长，同时也见证了你身边朋友的起落，留到最后的还是身边的那几个老友。

水瓶座在星座书里通常被认为是最难捉摸最难搞的，难以捉摸是因为很多事情他们只会放在自己的心里，难搞是因为水瓶座会固执地将一些事情自然归纳到自己的大脑里，比如世界就应该是这样的啊！那个人就应该是爱我的啊！这件衣服就是最适合我的啊！这个东西我就是不吃啊！不知道他们怎么会有那么多的"就是"。不熟悉的人会觉得水瓶是个怪物，但熟悉的人会发现水瓶的善良和内心坎坷，很多时候他们只是身不由己。

有一次和林先生去泰国旅行，他没打招呼便约了一个老相好，3 个人一路从深圳到香港，香港到曼谷，曼谷到清迈，我不太清楚林先生约老相好长途旅行的目的，是打算再续前缘还是想多一个熟悉的人做伴？

旅行的前半程一切顺利，问题出现在清迈那一夜，我发现林先生和对方一路上几乎不太说话，甚至连普通朋友都算不上。我劝林先生，既然你主动约了对方就好好玩吧，有什么事情回去再说。回到曼谷已经深夜 11 点，大家累极了，林先生却说要去见个朋友，晚点回来，结果那一晚林先生根本没有回酒店。我们十分担心，左等右等也不见他。我越想越生气，有多大的诱惑可以让他这么不负责任地说走就走呢。刚开始大家都怀疑他是去了酒吧，等到凌晨 3 点就开始担心，他的电话一直无法接通。直到清晨时分，林先生回来看到我们这些为他担心得一夜没睡的人，没有一点歉意。旅行结束后我去香港出差，写了一封长信给林先生。这样一个自私的朋友还是不要来往了！

说到这里想说一件神奇的事情，之前一天我们去看四面佛，整个四面佛刚好被罩了起来，我建议林先生上炷香，他一口拒绝说自己不信佛，不上香。第二天我们再一次来拜访四面佛，只见林先生自己买了香拜了起来，还被那烟雾熏得泪流满面。我时常在想，明明就是有某种力量驱使着你做一些事情，因或者果，都是命中注定的。

　　虽然林先生回信跟我道歉，但也许到今天，水瓶座的他也没有明白我为什么要生气。

　　林先生身材很壮，但是不算胖，单眼皮，头发很硬，职位是银行高管，常常因为工作调动从一座城市搬家到另外一座城市。

　　每个人都应该有一些过去的事情是不愿意提起的，就像是一个小秘密藏在心底，永远不会打开。在凤凰，林先生把他的故事讲给我，在大时代变动中遗留下来的并不新鲜的故事，没有轰轰烈烈也并不惊心动魄，就是一段令人听来无限唏嘘的过去。

　　林先生是地道的南京人，母亲"下放"时认识了林先生的父亲，当时他们都未谈婚嫁，林先生的母亲便生下了他，但随着林先生的母亲调回南京，相爱的两个人还是选择了分手。林先生的母亲回到城市后和另外一个男人结了婚，而林先生则一直被寄养在乡下，他的身世极少有人提起。林先生的母亲是个老师，性格要强，心地善良，做得一手好菜。

我想一个女人要背负多少的苦痛才能走过那些日子，婚后几年林先生的母亲又生下同母异父的妹妹。因为长期和奶奶住在乡下，林先生的性格多少有些孤僻。在那个特殊的时期，没有父母在身边，常常会被同学欺负，也就是在那时候，林先生便开始了漫长的独立生活。

懂事后的某一天，家里某位亲戚在家说漏了嘴，说出了林先生的身世，然后，上吊自杀了。这一切林先生都看在眼里。

直到林先生的亲生父亲去世，林先生都在怨恨他，为什么当初不和母亲一起回南京，没有经历过特殊年代的林先生很难理解那种身不由己。

随着继父因病过世，所有的爱恨都已入土。我时常想这位并非林先生亲生父亲的男人，他的心里究竟埋藏了多少情感，才可以不离不弃地一直到老都陪在林先生母亲的身边。几十年前的恨到几十年后的感恩，我想这些都是成长。

林先生的故事说起来曲折得有些像电视剧，但就是这么真切地发生在他身上。

第一次见到林先生是在南京车站，我笑着说他穿得像蜡笔小新，剃了寸头，穿着一双卡其色的耐克球鞋，土里土气的，不能喝酒还硬撑着和我喝了一整晚。从那以后，随着联系的频繁和密切我才发现，原来，他真的没有什么朋友。

在上海这些年，我每一次搬家他都是第一时间出现，一晃快有10年，原来10年真的就是这么一晃而过。这些年大家收入好了点，偶尔还会聊起某个冬天因为没有钱，买了便利店的关东煮站在路边吃的情景。我想只有苦过的人才会知道珍惜。

林先生单身了很久，在水瓶座的心里会一直住着一个人，只要是他认定的便不会轻易改变。爱的人去了纽约后，他过上了漂泊的日子，也有过短暂的约会。他常问我，他是不是注定要一个人生活？我反问他，生活本来就应该是一个人的，不是吗？

林先生听完后，平静地看了我一眼，点点头，把手边杯子里剩余的酒一饮而尽，不再吭声。

双鱼男刘同

　　人与人之间，总是有一点涟漪的，要不然这千万的人里，在彼此完全陌生的空气里我们怎么会相遇？有些人你见过一面后便可能再也不会见面，而有些人，只发一封邮件就能确定彼此会成为珍惜的挚友。

　　那年上海的夏天依旧炎热无比，我们相约在林荫小道的思南路上，准备帮杂志拍摄一个从湖南来的写作团体，3个男生3本书，而他刚好是其中的一个年轻作者。我们讨论了很久，从服装道具到拍摄细节，结果最后，这个拍摄被取消了。

　　但我的图片被用作他的那本《美丽最少年》内页配图，因着这样的机缘巧合，我们开始偶尔在网络上聊聊摄影，有点矫情。

之后他出差来了一次上海，说我们无论如何也得见一面。这是我与他除了工作的第一次碰面，那时候他 24 岁，我除了知道他是一个热爱写作的男生，其他一无所知。

　　有一次他说："我很想拍点好看的照片，要不你教教我吧？"我说："其实我不过是随着心情瞎拍，真要扛枪扛炮的我可不行。"他固执地说："不管了，反正你总是能拍出我喜欢的照片，你就是师父啊！"这一句"师父"，我当成了玩笑话，没过几天就忘记了，但成了我们关系的定格。

　　他工作在北京，我生活在上海，一北一南相去甚远的两座城市。他不抽烟，偶尔喝点酒，那时候我们都没有经常出差的机会，有一次他来上海，我们依旧约在思南路口见面。他穿着一件亮绿色的衬衫，牛仔裤加球鞋，眼睛大大的，留着不长不短的头发，应该是在酒店打理过才出门的样子，身上 KENZO 的毛竹香水有淡淡的薄荷夹杂岩兰草的味道。

　　我与他毫无陌生感，像认识多年的朋友，很熟悉，很安定。一起去吃越南河粉，我还不知道他具体的工作，礼貌地买了单，这件事最后被他写到了我的一本书的序里。

　　我经常和身边的朋友说，刘同应该是我们一起玩的朋友里最努力的，很清楚自己要什么，喜欢什么，接着要做什么，并且充满耐心和信心。

我在三里屯办了自己的第一次摄影展，他也来了。晚上我们和一群朋友喝了好多酒，不知道是因为酒精还是因为大伙儿起哄，他就真的半跪在地上说："师父，徒儿敬你！"我笑得不敢接他递过来的酒，可周围的人被这声"师父"刺激得兴致越发高涨，就这样，我便真的成了他的师父。可是教过他什么，我至今都不知道。

他总是问我："你为什么有那么多的朋友？"我说："也许是因为我的星座吧。"很多人都羡慕朋友多如牛毛的天秤座，可是在羡慕的背后却往往隐藏着巨大的孤独，相对这种孤独，我想双鱼座应该更得心应手、应付自如，所谓的得心应手无非是很早就清楚地知道这孤独的来源不过是自己的内心。

刘同是我心目中成功的人，只是我一直在想，一个人成功的背后总是需要背负一些指责、辱骂、悲伤和遗憾的。刘同的朋友不算少，但要好的我想并不多，人生即是如此，知己两三，足矣。

在那些逝去的岁月里，我与他做得最多的事情就是对酒当歌，偶尔聊起生活也总是轻描淡写。一次我们去酒吧，他跑去和老朋友打招呼，身边的朋友对我说："你知道吗？刘同写了一篇关于你的博客。"我很吃惊，心里猜测着他会在文章里如何描述我。回家找，那篇关于我的感情、生活、旅行、记忆的文章，让我第一次在深夜的电脑前感动不已。

原来在你身后一直有这么一个人默默地在关注你、支持你，可能他一句赞美的话都没有当面对你说过，即使偶尔的只言片语也常常被插科打诨一笔带过，但他却用另一种看似沉默的方式陪伴着你。

刘同是个敢爱敢恨的人，易爱也易恨，只是有过的恨通常很快就被时间冲淡了，他会拍拍头老大不情愿地说："哎哟，都是过去的事情了！"

双鱼座很敏感，这种敏感像是清晨的雾，时常让人捉摸不透，但不影响太阳照常升起。我在他面前不算是努力的人，有时甚至很懒惰，我经常问他："为什么你一年能出好几本书，做那么多工作？时间和精力哪里来的？"那天他开车送我回北京的酒店，他一边专心开车一边说："我平时也没有太多朋友在北京，下班就回家陪陪狗，然后写书打发时间，经常一写就到深夜，坚持下去竟然就写完了。"这话说起来还是轻描淡写，但我知道他为工作付出的绝对不只我能看到的努力和坚持。

他在我的那本书的序里写道："有时，你看一个人好不好，就看他周围还有多少一起成长起来的朋友。"我想，我与他经历的，正是青春年少的时光，我们依旧聊天买醉，有各自的轨迹，想来所有的交心与过往最后都像这些文字，轻描淡写地被一笔带过了。

其实，我们都没有一起旅行过呢。

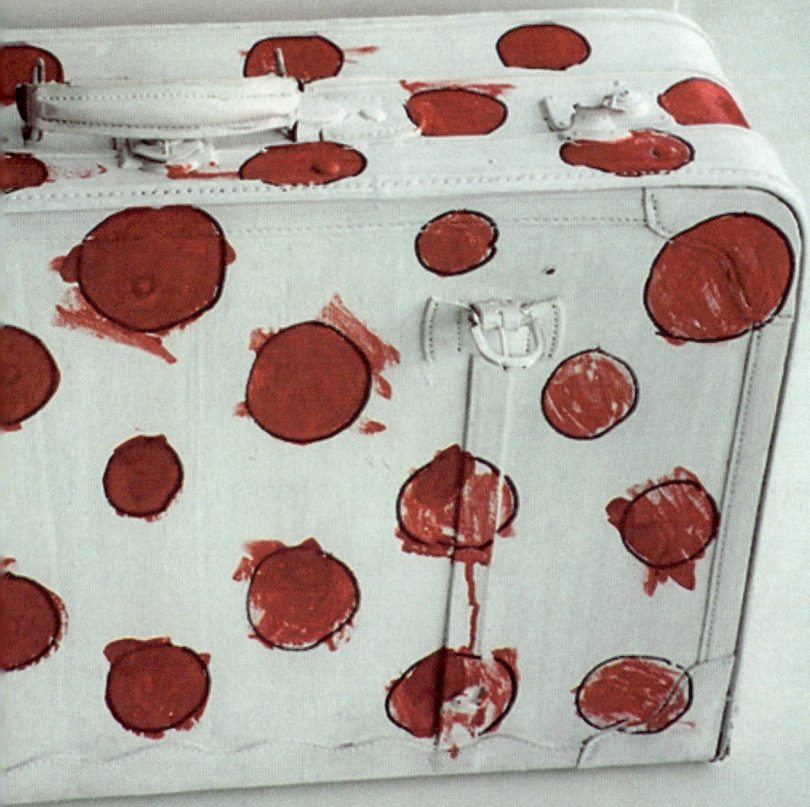

狮子张医生

我坐着公交车从武昌去汉口。

在江城生活最常面对的莫过于今天要不要过江，武汉是一个地理位置很特殊的地方，汉口、武昌、汉阳三个镇组成了这座城市，自古代起便是重要的通商口岸，和上海一样，在动荡的年代是一个响当当的名字，但武汉也和所有的城市一样，面临着因为经济变化而带来的改变，变成了一座落寞的城市。尽管如此，我却对它的落寞与忧伤充满了无限的热爱。池莉是武汉的一面镜子，在她的笔下几乎可以囊括所有关于这座城市的人的品性，你很容易辨识，也很容易因为那些细腻而多情的描述而爱上生活在这座城市里的人，他们没有四川人那么火辣，没有上海人那么精致，没有北方人那么爽朗，也没有广东人那么精明，在我有限的生活圈子里，我热爱着这座城市以及这座城市的生活方式，你总是可以在公交车上看到飞驰而过的出租车，你也同样可以在这里找到最好吃的夜排档。

张医生像极了这座城市，他的父母工作不错，他从来没有因为钱而焦虑，可以随心所欲地做自己喜欢的事情，骄傲也孤僻，交友很谨慎，朋友有限。我们约在我打工的万松园路影音堂附近的花园见面。关于第一次见面，张医生有些勉强，之前他一直在网站上看我的专栏，说很喜欢我的生活方式，我们不痛不痒地写了几封电邮，觉得应该可以见个面，喝个酒，而不是真像书里写的那样要相忘于江湖。

武汉仿佛注定是属于夏天的城市，炎热几乎可以让你身体里的水分全部被抽走。万松园是一条不长不短的路，当时我在靠近路口的影音堂唱片行打工，每天除了播放自己喜欢的歌曲外，偶尔也做一些自己喜欢的专题，比如法国新浪潮电影、韩国新锐导演等等。店里来往的客人不少，但我从来只记得他们的面孔，从不询问名字。因为是在大学时期打工，所以有时候加班晚了，我就在店里一个狭小房间里待一晚。我很喜欢这段时光，比如可以关上门播着喜欢的唱片，边吃烧烤边喝啤酒，再加上廉价的香烟，即有了一个快乐的晚上，相比没有冷气的宿舍这已经算是一个不错的去处。那个时候我时常写一些小短篇，大多是无法在一起的遗憾爱情，即便单身也无心恋爱。我把这些爱情故事放到网上，张医生便是这万千读者里写信给我的一个。

张医生很喜欢问我："你快乐吗？"我一般会答复："我挺好的。"初次见面的晚上我们在唱片行的小花园里聊天，张医生话不多，但还算是健谈。在江边的回归酒吧喝酒，那里算是武汉的一段记忆，江滩边的夜晚人气十足，偶尔还能听到陈淑桦之类的老歌串烧，于是我很自觉地跟着她一起唱。凌晨3点的江滩已经没有什么人，张医生突然问，要不要放烟火？

我真怀疑他喝多了，这么晚怎么可能会有地方卖烟火。张医生神秘兮兮地从包里掏出一包小小的烟火，点燃，然后拼命地抛开，我远远地躺在草地上，嘭的一声声响，绚烂的烟花一冲而上无所畏惧，像极了青春。

我一直很佩服狮子座的耐心和开朗，张医生就是代表。和他约好去武昌的洪山体育馆游泳，张医生活到30岁还不会游泳，希望我教他。我反复教了他好几次，张医生都表示太难学不会，无奈我只好自己去了深水区，他则一个人在小朋友的浅水区里不厌其烦地练习。3个月后，当我快把教游泳这件事忘记的时候，他再次约我游泳，还说我们去深水区吧。我将信将疑地看他下水，发现他早已经可以游刃有余地在深水区里游弋。狮子座很懒惰，但有时往往也会发奋，只要你截到他们那条敏感的神经。

张医生有过喜欢的人，他们一起旅行、吃饭，但对方只把他当作朋友。我劝张医生分开吧，这样的感情注定是不会有结局的。后来张医生真的恋爱了，偶尔跟我聊起来的时候语气却轻描淡写的，好像那个人是一个样子，没有具体的面目，就好像没有空气，再好的天气也无法呼吸，也许这才是爱情。

张医生的母亲得了癌症，他从国外回来哭着跟我说没想到学了半辈子的医却治不好自己的母亲。张医生的家庭一直很幸福，母亲上了年纪还会听周杰伦的歌，弹钢琴，偶尔一家去旅行，这种变故让习惯了一家人一起生活的张医生根本无从接受。

我记得那个夏天的晚上，我和张医生在汉口同济医院边上的小餐馆喝酒，武汉的夏天依旧异常炎热，手机收到短信说哥哥跳楼去世了，我把消息告诉张医生，张医生笑了笑说别开玩笑了，半小时后所有的新闻都在证实。我至今记得那天晚上的场景，我们拿了平时不常喝的白酒，默默喝完了一整瓶。

有些感情也许只能相忘于江湖，并不如我们所愿，平行的生活偶尔会因任性和贪玩而短暂交错在一起，但轻轻交叉后终究还是分离。

天 秤 王 羽 西

徐志摩说："得之，我幸。不得，我命，如此而已。"徐先生是摩羯座，但把这番话套用在天秤座的我身上觉得再适合不过。

单身久了的人总会用其他方式来慰藉自己，比如，总是能够找到同类。认识一个女生很多年，她几乎不太聊自己的感情，只是隐隐猜测应该和大学、福建、年少这几个词联系在一起。天秤座不是藏得住话的人，能够把自己的感情放在心底很久，不是一般人可以做到的，而我们真正熟悉起来是因为一本书。

那年她去香港出差，在铜锣湾的 PAGE ONE 书店买了一本叶志伟的小说《突然独身》，它讲的是一个香港男人的爱情故事，在那座我们都很喜欢的城市里，天星码头、有轨电车、一段同居的时光以及最后突然的分手，故事里的一切都像是注定了一般。在此之前我对这个作家一无所知，于是就借着她漂洋过海从香港带到北京的小说看到另外一段生活。她在给我的一封邮件里说，感情应该都是一样的，不管发生在谁的身上。看书的时候就好像看到了我，所以决定把这个故事送给我。

收到书的那一刻有些高兴过度了，却不知道里面大部分是粤语，看懂并不是太容易。上海那个炎热的夏天我和爱的人住在狭小的房间里，写稿为生，养一只叫豆豆的狗。

她说她一直在飞，好像停不下来了。艺人经纪的工作看上去是个很妙的职业，一天一座城市，熟悉这个国家的每一个机场、VIP 通道以及无数的加班，清晨 6 点的早班机、开机、关机，没有恋爱，因为所有的时间除了工作就是在飞行，用青春的时间和体力来应付高负荷的工作。偶尔也有短暂停留下来的时候，于是在某个下午她跑来我家看望我。她比我还要高出一个头，不是很瘦弱的那种女孩子，说话嗓门很大，带一点东北口音，所以常常嘲笑我这个卷舌音平舌音不分的湖北人。第一次上门她很礼貌地买了水果，和我坐在一起聊聊生活、工作和这只狗，大概 30 分钟后又匆匆离开去赶飞机。我在想我们之间到底有什么样的因缘际会才会有交集？一个外表坚强，内心却无比脆弱的人，这般脆弱是我第一眼便能发现的，虽然她从不愿意表露。

我们不常联络，知道对方都很忙，保持着一个月一通电话的频率。我的身边似乎越来越多这样的朋友，平日里甚少联络，但只要聚在一起便无话不谈，不会因为彼此不在同一座城市或者经常不通电话就淡薄了友情，真正的友谊经得起距离和时间的考量。

　　偶尔去北京，我们都是约在熟悉的餐厅，还记得大豆腐胡同口的香辣蟹吗？那是我最爱的北京秋天，在等朋友的空闲时间还可以去不远的三联书店逛逛。北京的秋天天黑得早，早晚很凉，三四个朋友中通常只有她一个女孩子，她像是我们的调节剂，经常为大家排忧解难，喝多了酒便站在夜风里抽抽烟说说话。我想我们应该是相爱的，我说的不是爱情，而是一种超出友情又不低于爱情的爱，我们可以拥抱也可以一起前行，会为对方找没找另外一半而犯愁，也会为对方生病或感情不顺而难过，心里装了太多与她相关的事情，只是不必说出口。

　　又是秋天，她失业在家，生活过得甚为简单，除非必需的应酬，几乎已经不太参加朋友的聚会。那天难得出来和大家见了一面后，她拉着我的手要我送她去打车，她的手软软的，身上总有一种莫名的香味。我们就这样手牵着手像情侣一样一直走到了路口。夜凉了，她像家姐似的伸手拉了拉我的围巾，要我少喝一些酒，我一直傻笑着。临上车的时候总是爱演一个戏码，互相送点小礼物。可能因为刚好赶上我的生日，她从包里翻出一条 TIFFANY（蒂芙尼）的项链递给我，说："戴上吧，你戴着挺好看的。"我大声叫道:"真的假的?"

她一脸认真地拍着我的头说:"废话,真的,假不了!"然后转身消失在北京10月的夜色里。远远地看着她消失的背影,心中难受,其实我的诧异是因为她已经失业了还要花这么多钱送我礼物,那种惊异和愧疚复杂地笼罩了我。

对于朋友,她总是愿意这样倾心交付,而感情,却只字不提。

为什么一个好姑娘找不到男朋友,王羽西就是其中一个。终于换了一份不用出差的工作,终于有时间好好地谈场恋爱,但好像真的不太容易,单身的人不少,想要过日子的人也不少,可能够走在一起的人却像人海里的流沙,转瞬即逝。

这些年往北京跑得少了,大家聚会的时间自然也少了起来。在北京的KTV,羽西见到我当时交往的人,脸上一百个不愿意,拉着我的手就往外走,说:"真不行,特别不适合你。"果然,不到两个月我又恢复了单身。我在想生命里总是有这么一个女性朋友,你们不相爱,但是有超出情侣一般的感情,很像"风中的费洛蒙",有着特殊的味道。我们有很多共同的喜好,这一段段的故事把时间连成了一条河,一转身就全部丢给了20岁的光阴,悄无声息,不着痕迹。

流金岁月,爱过的人,走过的路,原来都放在了心里。

Chapter
04

射手小黄瓜

"别买了，别买了，这里不是咱们待的地方，走吧走吧！"

不远处，他大声地对着我说，我好奇地看着他，然后说："我就买200块钱的，我第一次来这里，让我买点玩玩吧，我连麻将都不会打呢！"

2008年7月的某天晚上，我在澳门威尼斯人赌场和小黄瓜互不相让。

我并不好赌，甚至很多时候对"赌"这个字很厌恶，只是第一次进赌场实在是想试试手气。

请假去旅行，第一个念头便是去香港和澳门，香港算是故地重游，而澳门则是第一次来。

从深圳罗湖口岸过关，因为我们都是小地方的人，当地并没有开放自由行，需要交 60 块钱，罗湖口岸便有无数类似送你"出境"的人。出国有些远，香港刚刚好，对很多像我们这样 20 岁出头的年轻人来说这更像一场冒险。

当时我在一家杂志社工作，收入一般，小黄瓜刚去澳门工作不到半年。

在香港留宿的旅馆是位于铜锣湾的老式酒店，两个人分摊房费。晚上和香港作家叶志伟吃饭，他问我们："你们喜欢香港吗？"我们不约而同地点点头，那时候，香港还不是一个游客满天的地方。

第二天我便跟着小黄瓜来到了澳门。

人总是要学会漂泊的，你不可能一直停留在一个地方。对我而言，这更像是一种宿命，驱使着我往前，不知道原因也看不到未来。

生活、感情，大抵如此。

在写这一篇的当晚，我约小黄瓜陪我去外滩 3 号参加酒会。

我们已经认识 7 年，他早已经不是那个跑到外滩看我的摄影展，背着双肩包，披散着头发的少年。现在的他西装革履，皮鞋手包，虽然不是奢侈品，但每一件都是自己精心挑选的，留了不长不短的头发，把一束头发全部用发泥打理到脑后，清爽而又干净。我们约在淮海路的麦当劳随便吃个"见到你"的晚餐。因为太忙差点忘了晚上的酒会，我拿着从杂志社样衣间借来的衬衫，穿着短裤背起双肩包便直奔外滩3号。我穿梭在人群中与熟悉的陌生的人寒暄，他陪在我身边，面貌清瘦，沉默寡言。

不知道你是不是也有这样一个朋友，和他一起很安心，他可以陪你参加任何社交场合，说话克制，内心孤独，从不轻易被生活打倒。29岁的小黄瓜，高中毕业后从湖南来上海读书，学设计然后做设计。我实在不是一个记性很好的人，只记得最初每天一上班就能看到有个人问候我早上好，可能当时他只是礼貌地问候，这样的问候坚持了几个月，直到我们卸下防备开始聊天。

小黄瓜是杂志社美术编辑，经常加班，大学毕业后和喜欢的人生活在一起，生活简单，公司和家里两点一线。对那时候的小黄瓜而言，这是可以接受但未必圆满的生活。

第一次见他，上海的夏天正下着大雨，我在外滩做一个摄影展。他还是学生模样，背着双肩包匆匆赶来，很紧张地聊了几句，然后买下一张我的照片，照片是木地板上朋友一双赤裸的脚。大约就是从那之后，我们聊的话题慢慢多了起来，久而久之便成了朋友。有一次从酒吧回来，我喝多了突然问他为什么要来上海？他说，因为安妮宝贝。

是啊，对很多生于 20 世纪 80 年代初期的人来说，几乎是读着她的书了解上海，知道罗森便利店，知道下着雨的潮湿街道和柠檬味的男生。我们是没想过要做那种柠檬味道的男生，只是在很多时候，我忽然觉得他的际遇如我，从小地方出来，到大城市讨生活，没有任何经济基础，对爱情很多时候怀揣怜惜，充满警觉，怜惜的是害怕轻易失去一个爱的人，警觉着随时要结束这段感情。

在很长一段时间里，他和我聊得最多的是工作和感情，似乎所有的事情都走到了一个转折点，要做出选择。那年夏天，他的朋友帮他介绍了一份在澳门的工作，于是他就这么提着包离开了上海，而那段感情呢？像孤独飞行，冲上云霄，灰飞烟灭。

7 月的澳门，炎热无比，我跟着小黄瓜穿过几条街道来到他在澳门的家，三室一厅的房子被改造成了很多个独立的高低铺，住了 10 来个人。狭窄的床因为放了三分之一的书显得更加难以容身。我当时惊呆了，说："大学里也没有这么拥挤啊。"

那种难过如此清晰，心里想为什么要来这里工作？一定要吃得苦才能走得远吗？我想对射手座的小黄瓜而言应该是这样。一年后他便去了深圳。

我们平日联络不多，有事情都是简单明了直接说清楚，偶尔去广州开会便顺道去深圳看他，他带我去深圳凯悦酒店楼顶喝酒，一瓶又一瓶，我们很少如此挥霍到不问酒价，觉得这一晃便又过去了六七年。从凯悦出来，我们继续坐在路边吃烧烤，这一刻，我不再是《潮流志》的主编，他也不是奢侈品的高级陈列师，我们只是自己，一个漂泊异乡的人。

人的心里其实装不下太多的人，而成长中的各种因素往往会改变你关于未来的方向。小黄瓜幼时父母离异，他跟着父亲生活，父亲开过电影院，离婚后独自生活。在影院的二楼可以看到当天的生意如何，有多少人来。一次上楼，他撞见父亲和陌生女子在一起，父亲当时的眼神让他再也不敢对视，那眼神里充满惊恐、无助以及内疚。

原来父亲也只是一个普通人，母亲因经济犯罪进了牢狱，所有的一切都告诉他从小便需要独自生活，童年如同一个冰冷的黑洞，无法探寻和触摸，害怕回头多看一眼都是忧愁。

小黄瓜爱过几个人，都不太长久，却依旧执着地寻求着爱的感觉，从不言悔。我至今记得那年我们在澳门的夜晚，一起坐在赌场附近的教堂前喝啤酒，对于未来我们一所无知。但我想有过往的人内心都是强大的，没有什么能将他打倒，而他也不畏惧，这就是我的好朋友，小黄瓜。

都说老了就去山里，农舍茅屋一间，每天饮酒烹茶，种田看书。空谷幽兰的生活人人羡慕，却没有几个人敢丢下城市生活说走就走。我想老了也许在乎的是身边有谁相伴，多过那田园美好生活的本身。

Goodnight Song　　　　　　晚 安 曲

我们可以戒烟、戒酒、戒色，戒掉一切本以为丢不开的东西，只是我们永远戒不掉对某种温存的迷恋、对某种过往遗恨的释怀。那种听着冬日里全城爆竹声躲在被子里的温暖，又或者是长途旅行里依靠着睡去的长夜，对于过往，我们时常无法戒掉。

小
杂碎们

Dancing Through The Time

趁，此身未老

谁 的 深 夜 食 堂

　　人总是对电影电视里的某个细节念念不忘。比如某一次看《饮食男女》便记住了片中父亲那张做饭的脸，写满悲愁和憧憬，悲愁的是做了一桌子饭怕没有人回来吃，憧憬的是希望家人可以团聚。可能很多电影电视的具体情节你都忘记了，但这样细小的情节却延续了你对这部片子的记忆，也许短暂但温暖。那年冬天，我和苏在寒冷的上海看到一部由日本大热漫画改编的电视剧《深夜食堂》，一家小餐厅里每天有什么食材就做什么料理，老板脸上有一条刀疤，看上去便是个有着很多故事的人。客人点了酒和爱吃的家常菜，独自默默坐在那里吃了起来，吃着，吃着，哭了，这泪水是为食物而感动，也是因为过往的记忆。

食物是一种很奇妙的东西，就像母亲做的饭菜，不管离开家再远再久，只要吃一口就能感到熟悉的温暖。我想每个人都有这样定格在脑海里的味道，《深夜食堂》的成功就是因为每个人都可以在里面找到属于自己的味道。

闭上眼想想，母亲的味道是我在异乡读书时，每个周末回家就能毫无意外地闻到的鸡汤味道，加一点莲藕和萝卜。通常在得知我周五晚上回来的前一天，母亲就去菜场买了菜，熬上好久，一直等我回家才端出这碗汤。不同年纪品尝一样的汤却有了别样的滋味，读书时那只是一碗解馋充饥的汤，大学毕业时那碗里藏着家的味道，三十而立再端起浓浓的鸡汤，那已是随香气飘起的一缕乡愁。

我站在新宿街口，耳朵里听着铃木常吉的歌，悠扬的歌声仿佛伴随着《深夜食堂》里那辆穿行在东京的出租车一路往前开，穿过街道，在一个隐蔽的街口停下来，不远处是新宿的商业区，繁华的商场和穿行的人群像是定格的气流让你无法呼吸，歌舞伎町每天都好像是灯红酒绿的戏场，人来，人往，无处追寻。

小田急百货前是川流不息的人群，朋友带我从这里拐进一条巷子，才发现别有洞天——类似《深夜食堂》的场景瞬间在我眼前来了一个真实版，狭小的街道上分布着几十上百家餐厅，烧烤店、拉面馆、炒菜、海鲜。一行5个人，最后因为这里太过受欢迎而找不到座位，只得恋恋不舍地离开。

再访东京已经是几年后的事情，熟悉的场景不熟悉的面孔，没有去下北泽，不是害怕与某人不期而遇，只是很多事情已经开始随着时间慢慢被冲淡，就像杯里的茶，一口下去浓情化不开，两三次泡完却已经失了原味，即便还能闻到一丝茶的清香。说这些无非关乎感情，有些感情，你可以用几年或者几十年的时间去守候，而有些感情，时间到了就需要做个了断。拉面店的相逢不过是给了彼此无处告别的最后机会，结果最终都迷失在巨大的城市里。

新宿旅馆的房间正好面对着代代木公园，偌大的草地让整个城市都显得十分有生气。日本旅馆里几乎每一层都设有自动售货机，于是准备晚上买了酒回房间喝，这里还配有取冰机，你完全可以拿着加了冰块的酒坐在房间的窗台边欣赏这座城市的夕阳和华灯初上，新宿的光鲜亮丽，总让人有种不真实的错觉。

去原宿采访的那个早上，天空蓝得出奇，前一夜宿醉的人都还没有起床，我带了相机在原宿的街上瞎逛，迷失原宿，是的，像错综复杂的地铁线，不断重叠再不断丢失。

旅途总会带给你意外的风景，比如凌晨4点27分的天空。整个城市仿佛被玫瑰花水泼染了一样，粉红色和橙红色交织在一起，肆无忌惮地在城市上空渲染，浓情绽放。夜幕迟迟不肯降下，太阳也意兴阑珊，总以为这样的胜景只出现在电影或遥远的过去，但其实它每天都在我们的熟睡中上演，从不间断。

又到夜晚，心里还是惦记着前一天没能找到座位的地方，于是决定独自去"深夜食堂"的街上喝几杯。穿过喧闹和一直有人拉客的歌舞伎町，从马路的拐角处进去里面，又听到"深夜食堂"的热闹喧哗声，找了家狭小又不起眼的小店，门口仅有3把椅子，长长L形的吧台总共也就能坐下10个人，墙壁上挂满了各种来店里吃过饭的人的合影，有开心的，悲伤的，冬天的，夏天的。

边上的男生正埋头认真地吃拉面。店家是一位看似60多岁的老太太，染着黄黄的头发，她一边做着我刚点的拉面一边口里振振有词地喊着"欢迎光临"。我一口啤酒下肚，这时来了3位老人，有一位还是失去了一条腿的残疾人，3个人很不好意思地希望我多挪一点位置，我们就这样拥挤在L形吧台的正前方。

对料理的热爱很多时候会转化成对器皿的喜爱，去世界各地最爱买的，应该还是碗，大大小小的堆满了一抽屉，哪怕并不常用，也会买回来。

听不懂日文，只见店家和食客闲闲说上几句然后开怀大笑，异乡的我坐在他们身边，吃着美味的食物，感受一种纯粹的快乐，这样的经历颇为奇妙。其实所谓的"深夜食堂"无非就是这样喧闹的街头小店，来的每个人说一点自己的故事，大家短暂相遇，然后分开，没人知道下一次还会不会在同一家餐厅相遇，就像我一样，离开后也许再也不会回来，但守候在那里的座位必然一直还会有故事发生。

点了煎饺和拉面，拉面是用有田烧的碗盛的，大大的，有暗色的花纹，配上香浓的汤底，再撒上葱花，香味扑鼻。我问老板："这碗可以卖吗？"老板摇了摇头，说："这碗是不卖的。"我很失望地说："喜欢日本器皿，就卖给我一个吧。"老板还是固执地摇了摇头。做拉面的男生看了我一眼，觉得很好笑，一个游客对料理没有多大兴致，却对这一个碗情有独钟。我磨不过老板，只好乖乖地吃完拉面走人，心情沮丧。

算了账，准备出门了，看到墙壁上的合影里有一个熟悉的人，泉！心想，这座城市还能够再小一点吗？我指着墙壁上的人惊恐地大叫了起来，店家有些莫名其妙，做拉面的男孩看着我一直在笑，然后摇了摇头，熟练地把紫菜放入碗中。

吃完面，身体倒是热了起来，听到身后有人叫我的名字，是那个做拉面的小伙子，拍了拍我的肩膀，说："这是你的碗！"我惊喜地看着说："怎么可能！"他说那墙壁上我认识的人，是他的爱人，我们都爱过同一个人。送给我一个碗，没问题的，他和老板说清楚了。

我完全像是喝多了一样有些神魂颠倒，小伙子说完便跑开了，消失在人群里。

东京就是这样一个让人着迷又容易迷失的地方，太大也太小，大的是城市，小的是人心，一个人的心里到底能装下多少人？

是不是就像这家深夜遇到的料理店，最多 10 个，足矣。

一张香港公交卡

你有没有试过坐在一辆有着百年历史的有轨电车的二层，闭上眼睛点下 Play（播放）的感受，达明一派的《石头记》随着电车的开出伴着 6 月的微风缓缓飘来："听遍那渺渺世间，轻飘送，乐韵，人独舞乱衣鬓……" 虽然黄耀明不是我成长年代里的流行歌手，但他拥有最独特的声线和魅力。去香港前我对黄耀明一无所知，香港最辉煌的 20 世纪 80 年代，我才不过七八岁，不说流行歌曲，就连家喻户晓的陈百强也都只是听长辈聊一聊。小叔的抽屉里躺了几盒磁带，偶尔用他硕大的录音机放出来，配乐简单，听不懂的语言，开启了整个娱乐产业大时代：四大天王、张国荣、梅艳芳、达明一派、Beyond、林忆莲……每一个名字放到今天都是一面镜子，那是香港的 80 年代，却不是我的大时代。

第一次决定去香港也是为了去看看那些关于 20 世纪 80 年代的镜子，除了邵氏电影和无数卡带，还有那些精彩绝伦的电视剧《射雕英雄传》《雪山飞狐》等，我很好奇为什么这么一个不算大的岛城拥有如此巨大的魅力和创造力，它几乎伴随了整整几代中国年轻人的精神成长，在被父亲称为靡靡之音的年代，在粤语歌曲响彻街头巷尾我们却一句话都说不全的年代。

　　夜未凉，梦已醒，黄耀明的声音刚落，电车便用广东话报站："下一站，铜锣湾。"

　　铜锣湾像极了纽约的时代广场又或者是东京的涩谷，霓虹闪烁、人来人往，无数的店家和商铺装修精致，街上的人匆忙又时髦，男生均西装革履，女生则是各式各样的小套装，生活在这里的人充满自豪和对这座城市的热爱。我一个人背着包站在铜锣湾人行横道上，看着穿梭的人群，发现自己不过是一个路人。

　　铜锣湾的波斯富街 24 楼，从时代广场的大钟走过去，穿过几条马路，楼下有家凉茶铺，那里便是我的住所。赖毅是众多从内地交换到香港的好学生之一，室友叫伟峰，两个人一起合租住在寸土寸金的宿舍里，因为学校已经人满为患，只能拿着补贴出来住，闲下来的时候他们会把其中一间房出租给到香港旅行的学生或者背包客，价格不贵，260 港币一晚上，家里吃喝洗睡随便用，对刚毕业的穷学生来说最适合不过了。云南人阿毅笑起来露出一对小虎牙，自22岁来香港已经10年。伟峰话不多，但是憨厚可爱，两人热情地招待了我。窗外是喧闹的街市，人行横道上的马路钟声叮叮咚咚，我想这是很多人对香港声音的记忆。

很庆幸自己选择早早来过香港，那个时候香港还没变，可以在尖沙咀或者铜锣湾找一家位于二楼或者三楼的咖啡馆，因为地少人多，很多餐厅和咖啡馆都会开在楼上的位置，吃一碗鱼蛋粉喝一口冻鸳鸯奶茶，不用排队的翠华茶餐厅，哪怕凌晨3点饿了也可以走过去吃点什么。

这座城市里的人和这座城市一样，干净又充满紧张感，他们心地善良乐于助人，对内地多少有些畏惧，除了不了解，还有难学的普通话，当然，这一切都是在2006年以前。

飞往香港的航班上，邻座男生看我一直在看关于香港旅行的书，用蹩脚的普通话问是不是来旅行，我点了点头，他借我的书翻了翻，说里面的很多资讯其实都过时了，然后热心地问我想去哪里。他说他叫Joe，29岁，在上海工作，很高兴认识我。我很惊讶，在我道听途说的印象里，香港人应该是不太会主动和陌生人聊天的，而我身边的Joe是个另类，他样子清秀，头发很短，看得出会做保养；皮肤干净，嘴唇边的胡楂应该是早上刚刚在酒店刮过，戴浪琴的手表，只喝水不吃飞机餐。

在香港，有太多像 Joe 这样的人来往于不同的城市之间，周末飞回家里，在云端似乎再正常不过。Joe 笑起来的样子很腼腆，我在想，他应该是很多上海女生喜欢的类型，并且，香港男生特别的普通话发音也总是让人觉得可爱。

Joe 拿出笔给我写了几个地址，介绍说："这些餐厅不错，有机会可以去看看，南丫岛也很美，保留了大量香港独有的老房子，很有味道。"我接过连忙道谢。

一路上我们聊了许久，抵达时 Joe 问要不要载我去酒店，我说不用，自己搭机场快线就好，很方便。Joe 要我等等，匆忙在包里乱翻一阵，最后掏出一张八达通，说送给我。我吃惊地看着他，他笑着说："下一次你也送我一张上海公交卡吧，我留个电子邮箱给你，保持联络，有缘再见。"

这是我对香港的第一印象，和善、亲密，偶尔邂逅的熟悉，像是很久没有见面的老朋友。买了红磡体育馆（简称"红馆"）黄耀明的演唱会门票。在这座城市，大部分演出都很便宜，100 块钱在 2006 年的红馆看场秀再正常不过，400 块钱就能买到最好的位置。红馆实在是一个充满记忆的地方，郭富城红馆连开 10 场、张国荣告别演唱会……我脑海里一直在想，那应该是怎样的一个场景。

装修前的红馆或许会让你有些失望，设施陈旧，座位像是山，于是我就坐在山上。这是黄耀明和香港交响乐团的第一次合作，一开场便high翻了全场，华丽的衣服，精致的造型，好听的音乐，尽管听不太懂广东话，但是依然能因这场演唱会而感动，也是这天开始，我回头重新翻出他在达明一派时期的唱片来重温。

香港像它擅长出产的歌词一样，不长不短，欲望赤裸却又有独到的文化，很难琢磨透彻。去到重庆大厦才恍然大悟这是《重庆森林》的拍摄地，无数出现在胶片里的片段连成了这座城市，又寂寞又热闹。住在重庆大厦我总能早早醒来，穿着拖鞋就跑去楼下的茶餐厅吃早餐，虽然听不懂广东话却不觉得陌生，好像活在电影里。

收到Joe的邮件，约我去吃饭。搭地铁从铜锣湾到尖沙咀，海港城是一个至今都会让我迷路的地方，大量的名牌旗舰店把它推到了物质的塔顶。约的地方是文华东方酒店，酒店看上去有些年头了，大堂和很多新酒店比，不算大气，可这里的中餐厅能看到绝佳的维多利亚港景色，更是获得不少米其林殊荣。Joe说，香港男人都是事业型的，所以结婚都比较晚，赚钱不少可压力太大了，地方小，就业机会自然也就少，去内地在10年前还不算是好出路，现在却再适合不过了。Joe夹了一块烧鹅给我，我喝了一口香片，胃里都是滚烫的。Joe单身了很多年，4年前分手便不再想恋爱，太累也浪费时间，偶尔他也会觉得孤独，可是孤独这种事情吧，久而久之就习惯了。我笑了笑。

又喝了点酒，我看着灯火璀璨的维多利亚港问 Joe："你不觉得这城市孤独吗？" Joe 点点头。

眼前被繁华灯光装饰得如同白昼的城市太孤独了，每个人生活在这里，物质丰富，精神却毫无依托，你很容易得到自己想要的东西，也可以一夜变成有钱人，所谓的奇迹似乎随时随地都有可能发生，只是有些东西终究得不到。

酒在胃里让人感觉暖暖的，Joe 说："赶紧回去吧，还有最后一班地下铁，我散散步就回家了。" 临走前 Joe 说："2003 年的 4 月 1 日，张国荣就是从这家酒店楼顶跳下来的，整座城市就像经历了一次下沉，大家都很悲伤，但还会一直向前看，这就是我爱的香港。"

我醉意朦胧地赶最后一班地下铁，耳边张国荣的老歌一直在播，那声音温柔缠绵好像维多利亚港的夜风，吹得散寂寞，吹不散过往。

每个人，心里面应该都有一个独一无二的香港。

拿着这一张 Joe 送的香港公交卡，两天后，我和他告别，于 2006 年的香港。

你爱香港吗？为什么？

赖毅（30岁，在香港生活8年，IT行业）

爱啊！一个安全让人放心的地方，这里什么都讲究公平和道德，生活非常方便，想买什么出门都有，还有一点，好看的人也不少，呵呵！

柚子（26岁，《周末画报》创意项目）

以前爱，现在不那么爱。以前爱是因为至少大部分香港人知道他们是谁，他们爱什么，要什么，希望过什么样的生活，热爱并且愿意传承他们的城市文化、流行文化，精神文明在他们身上的体现比一直倡导精神文明建设的内地人来得更透彻。现在不那么爱是因为纯正的香港文化在流失，香港人对于内地人属性的看法在发生变化，香港的主流文化慢慢变得不那么港味，香港已经有太多不香港的元素。

朱忻（29岁，《1626》设计总监）

城市太拥挤，压力很大，几乎看不到天空，就像关在笼子里，每次去我都想着什么时候可以离开，哈哈！不过也有好的，有很好的城市管理，所有事情是有条理的，还有人帮你争取权益。

陈四好（31 岁，广告人）

爱！为了那些年一起追过的明星的旧唱片，为了那些年一起看的至平至正至靓的演唱会，为了那些年碰到过友善可爱美丽的香港人，为了那些隔三岔五就会打折的靓衫潮服，为了这些年一直还在回味的街头巷尾的美食。

Chapter
05

阿 Sam 的午夜场

　　几乎认识的大部分人都知道我是通过这个博客开始的，博客像是一面镜子，记载了你的青春、快乐和悲伤，很多时候我们在不经意间写了很多字，等你回头再来看会发现，原来这么近，那么远。很高兴这次整理了一些曾经的小情绪，很片段，也很私人，希望你喜欢。

一双鞋子

我想，我这一辈子会记得很多画面。

2004 年 1 月 17 日的夜，晚上 10 点半。我在床上听歌，奶奶过来叫我和母亲，说爷爷不舒服，于是赶去了爷爷家。因为要回武汉过年，所以爷爷特意在家里洗澡，一直有病的他一洗澡就不舒服，坐在床上吐，带着血。父亲赶来后要送爷爷去医院，爷爷不愿意。已经是晚上11点，没有车，于是父亲找了一辆三轮车。我和父亲很吃力地把住在三楼的爷爷弄到了一楼，此时，爷爷已是气喘吁吁，坐在三轮车的后面。因为走得太急，爷爷一只脚光着，鞋则掉在了楼梯上，怕爷爷冷，于是我跑上楼去拿鞋子。等再下楼时发现三轮车已经走了，于是我提着爷爷的那只鞋跟在后面跑。夜黑，没有路灯，天冷，风很大。

等我跑到医院，爷爷还没有下车。小医院只有一个值班的年轻大夫帮我们把爷爷抬到二楼。刚上了一层楼，爷爷的身子就直直地往下落，我一直想要给爷爷穿的鞋子被放在医院阴冷的楼道上。黑色的棉布鞋子，是奶奶亲手做的。奶奶年纪大，没有跟来。中午爷爷还在说小时候带我去北京，背着我走，一转眼几十年，我和父亲两个人都抬不动他。医院条件简陋，房间空空的，输氧，打点滴。爷爷眼睛直直地睁着。我、父亲和母亲在边上。他的手开始发乌，没有温度，于是我拉着他的手放进被子里。15分钟后，爷爷口吐白沫，不能说话，医生说，恐怕不行了。5分钟后，爷爷便离开了我们。给朋友打电话，哭到不行。人生真的是这样喜欢开玩笑。24个小时内，让我眼睁睁地看着一个亲人离去，没有说一句话。

盖上被子，爷爷被送到太平间，死亡证明清楚地告诉我们这个人已经不在了。回到奶奶家，热水器还因为刚才爷爷洗澡而忘记关上。我钱包里的 40 块钱是爷爷中午给我第二天买早饭用的。

　　今天，所有的亲戚都来了，去送爷爷。我第一次去殡仪馆。从小到大我都没有见父亲这样哭过。爷爷冰冷的身体躺在火化炉的外面，进行最后的告别，然后他被推了进去，当时的心情我无法形容。半小时后，出来的是一堆灰和一些没有烧成灰的骨头，用锤子把它锤成灰，然后收进骨灰盒。

　　那白花花的灯光，苍白无助的脸，最后是死亡，这是我懂事以来第一次失去亲人，眼睁睁看他死去，不能给他任何帮助，只能拉着他已经没有血色的手。

　　送去殡仪馆的时候，爷爷的耳朵冻得发紫。一个几十个小时前 4 个壮汉都抬不动的人，一个曾经背着我在北京城里走的人，一个时常让我睡在他肩膀上的人，就这样被推进去，换来一堆没有烧透的骨头。

　　这个人，一生就这样结束了。直到最后，他也没能穿上我送过去的那只鞋子。

2004 年 1 月 19 日

生活游乐场

从武汉回来后，生活好像变得简单了许多，吃饭是打电话叫外卖，喝水是打电话叫水，快递也是打电话，一切变得有条理，又似乎和城市脱离了关系。昨夜去看云门舞，一幕幕让人震撼不已，而在谢幕的那一刻，最感动的还是林怀民孤身站在舞者边上的画面。

每个人的心里都有属于他自己的一个剧本，而最好的故事未必是最美的。

晚上和几个朋友去嘉年华，离上次来玩已经过了两年，浦东依旧是浦东，身边的朋友也是多多少少，不变的只是我们两个人的身影，长夜漫漫，我们有多少时间可等待。

生活只不过是一个巨大的游乐场。

2005 年 11 月 7 日

早安西贡！晚安河内！

8 天的时间穿行一个国家，6 次飞行，一次长途夜车，停停走走。从广州飞西贡的飞机需要两个小时，需要填大大小小好几张表，出境入境，抵达西贡已经是下午 1 点 20 分了，一阵热浪袭来，把时间拨慢一小时，似乎一切都开始缓慢起来。

坐 2000 越南盾车费的公交车往市区去。没有哪个国家能像越南这样对颜色有着极致的热爱，墙壁的颜色，天空的颜色，植物的颜色，一切都在我眼中一晃而过。

有些人似乎注定要在旅途中遇见，比如编号 223。我们认识很多年，第一次会面是在香港的铜锣湾，而这次巧合地在西贡的大街上相遇。

西贡的另外一个名字是胡志明市，而我更偏爱西贡。小电视里一直播放着 Channel【V】（星空音乐台），在旅行中听到熟悉的语言似乎是一种恩赐，我可能就此一直流浪下去。午夜去看大教堂，黑黑的天空被路灯压得更加低沉，一路流汗抽烟，随手买杯 Papaya（番木瓜）果汁。

在西贡的第一夜很快睡了过去，醒来的时候已经 9 点，全然不觉得身处异乡。按照 LP（*Lonely Plant* 的缩写）的介绍去寻找一个个陌生的地址，然后拍照，离开。在邮局买了 10 张明信片寄出去。

"希望你能来。"这应该是我最想说的。西贡繁华又落寞，实在不知道用什么词形容更为妥当。

最后一张明信片，我寄给了自己。

2006 年 5 月 8 日

追梦人

"十月的落叶，铺满古城的旧街。"林一峰的声音一直陪伴着我在古城、峡谷、草原。

从上海飞往昆明，转机去丽江，再从香格里拉飞往昆明，最后回到上海。第一夜的丽江静得可怕，吃东西的时候突然听到有人在翻唱齐秦的老歌，歌词字字凄凉。住的房间有一个很大的天窗，躺在床上便能看到蓝蓝的天。对束河古镇的喜欢远大于喧闹著名的丽江古城。在这里不需要买花，因为遍地都是怒放惹人爱的野花。生日的夜晚，本来想喝多点，可是终究没有醉。在北京过了两回生日，今年则跑到了云南，依旧有朋友的陪伴。去香格里拉的路上做了一个梦，梦到自己又回到了小时候，在老房子的小房间里，父母安静地在身边。

2007 年 10 月 14 日

凌晨 1 点 15 分的上海

是寂寞斑驳了夜，还是夜本身便很寂寞呢？

歌里唱着"我一个人吃饭旅行，到处走走停停"，

在雨季未停夜未眠的上海，心又走到了哪里？

2008 年 6 月 13 日

返回

我和 L 先生并不熟悉，因为彼此是朋友的朋友。

听说他放弃了大上海的一切去了云南，去那里开了旅馆或是酒吧。后来断断续续地得知，他为了梦想将事业房产连同感情都一一放下。很多时候我们都知道，很多东西并不是能洒脱自如地说放就放的，只是这时我理解他的心情。那么我呢，是不是我也能走得这么洒脱？我想了又想，是不能的，但如果有个人说和我一起走呢？又不一定。

早上看到 L 先生写的只言片语，像一个轮回。

"亲爱的，告诉我，为什么只要在路上我便会想你？"

午夜 12 点的省际班车。车厢电视播放着无聊的节目，神色慵懒的人们依旧发出笑声。窗外月明放肆，全无应景心思，自顾自昭然若揭地发笑。山影厚重，棱角也如刀割般分明。便这样，突兀地立在黑夜的前面。

而后，山脚下的简陋旅店，山风沁人。四下没有光，冉冉下沉的黑。我怎么也看不见自己的影子，也找不到你的影子。

清晨雨中的山路。唯有走，才能发出热。

2009 年 7 月 2 日

生命是旅行

中学时期经常上课时看书，把喜欢的字句用钢笔记在小抄本上，那小抄本原本也不是用来给别人看的，可同学又偏偏喜欢看。那些小说里的对话，那些老掉牙的歌词，那些你爱过的人说过的字字句句，也许最终我们都会忘记，慢慢地，什么都不记得。

我很爱抄亦舒写的句子，短短长长的，几个字好像就能说完你的一生，惆怅又充满期望。

我喜欢到处看风景，可即便是印在照片上也依然会慢慢忘掉，剩下那费洛蒙般空气的味道，只能记得却不能拥有。

亦舒说："一个人的心原是世界上最寂寞的地方。"

2010 年 2 月 27 日

重返越南直想流汗，一直想喝水

深夜 12 点抵达机场的时候发现西贡已经变得发达很多了，新的航站楼，便捷的交通，只是除了空气，一切如新。坐长途车去美奈的路上一直是睡了醒，醒来又睡去的时光。也许，只有大海才能够让人平静下来。清晨日出的大海、黄昏落日的大海以及暴风雨来临前漆黑一片的大海，你什么都不用做，默默站在那里就好。路途上很多结伴而行的人，他们都从不同的城市来，晒完太阳，醉倒在这座城市的片刻凌晨，然后一起离开，最后的时光里，我在笔记本里写了她的那句话：

"世间这样荒芜，寂静不可测量，如果你不在我身边，我这样想念你。"

2010 年 5 月 5 日

和微凉的 2 月说再见

如果可以，请借我一把口风琴，在这夜凉如水的 2 月的深夜里，声音刚起，便有丝丝的微风从口风琴的声音里带着气流慢慢散了过去。

如果一定要我形容这味道，不知道陈升的《风中的费洛蒙》会不会更加适合？第一次用有色彩的胶卷，拍出来会有一种莫名的喜欢，白色的雪地、家乡的田野、公司附近的咖啡店，这个世界到底有多少种颜色，谁也说不清楚，但是压在那些书本里发黄的照片分明都还是记忆的颜色。

晚安，夜色微凉的 2 月。

2011 年 2 月 28 日

城市生活

忙了一天，然后下班准备给自己买点好吃的，到超市觉得什么都贵，现在觉得自己很奇怪，也不是消费不起，还了信用卡还存了钱，薪水也涨了一点点，按理可以随便买，可就是不想。最后只买了两听啤酒一袋香肠，回家准备煮个面吃吃就算了。

深夜改完稿子步行去家附近的 7-11 买东西，其实走过去不算近，但依然愿意戴着耳机走10多分钟的路。这个季节的上海应该是最好的，不冷不热，空气还算过得去，再过几天就会热起来。走在路上我一直在想一个问题，25岁的时候如果有人说，给你一家大理的咖啡店你愿不愿意一起走。我想如果那个时候遇到了好机缘也许我就走了，当然这只是如我一般大多数人的梦想而已。梦想停在脑海，想一想，也许会实现，也许一辈子都遥遥无期。现在呢，要是依然有这么一个人说给你一家大理的咖啡店，你敢抛下一切就走吗？我想了想，好像不太能了。经济呢，是否可以稳定？感情呢，是否可以长久？家具衣服呢，是否都要运过去？想着想着你就准备放弃了，年纪越大背负得越多，但有时候，越是不归路你越想要试一下。最近在看很多年轻时写的东西，说实话我没有太大的勇气看完，好像生活除了感情、电影、音乐，没有其他，多好的岁月啊！又多么快乐，跳着跳着，看完后不想再看第二眼。

仔细想想，在成长的道路上有几次快要死去的感觉，一次是读高中那年，因为没有钱，每天都吃泡面，吃到后来一见泡面就想吐。我到底能做什么，应该是从那个时候开始知道贫穷是多么可悲的事情，知道那种通宵走在大街上没有地方落脚的凄惶。

再一次，是2010年的年初，分手来得太过突然，毫无准备，没有存款，只是带着家当逃离了浦东的房子，借钱重新开始来过。那年冬天，我和编辑们聊情人节的选题，坚强得跟什么似的，思路明确，创意无限。

有时候想一想，何必那么拼，要不离开上海算了，可现实就像是回答关于大理的那个问题，时局不一样心也不一样了，不太敢走，感情虽然重要也并不能成为一切。就像是安妮宝贝的《想起来的爱情》里说的："谁可以用 10 年的时间去等待一个人，谁又可以一直长相厮守到永远？珍惜眼前才是最重要的。"

我时常记起老家的一条小河，夏天的时候我经常偷偷躲在桥上看着暮色黄昏的小河抽着烟，不远处船灯闪耀，家里人说那条河可以通往另外一座大城市。许多年以后，我真的去了河尽头的城市，接着是更远的城市。只是多年过去了，我时常还是会怀念起那些岁月，时常梦到自己站在河的对岸看着自己，看着那个还没有离开家的自己。

我知道，再也回不去了。

2011 年 4 月 28 日

写了一张收不到的卡片给未来的自己，人老去的具体表现除了心智成熟外，还有越来越多年轻人会喜欢你，他们是曾经的你，对未来和新鲜的人充满好奇，对爱充满激情，很容易就说一辈子。

Goodnight Song　　　　　　　晚 安 曲

旅行的意义不在于到底去过多少景点，再多的照片和景点很快就会忘记。问问自己多久没有看过自己旅途中的照片了，每天除了工作似乎还是工作。旅途过程和亲身经历也许更有意思，买杯咖啡在海边待一下午其实也不错，一个人，别害怕，旅途中总会遇见有意思的人。

1

不倦的
飞鸟

如果说《去，你的旅行》是一本关于私人旅行和情感梳理的书，那么这本《趁，此身未老》则是以杂志的方式呈现着阿 Sam 生命中那些未尽的旅行。做潮流杂志的阿 Sam，这一回是自己的主编。贯穿这本"杂志"的脉络，依然是他所擅长的旅行，只不过这旅行拉开了本身的维度，从身体的迁徙，到时间的流转，以及情感的成长，都可以视作他生命中进行着的旅行的片段。

我们都说人生是一段旅程，在这段旅程中，有诸多细碎的切片，是电光石火，是故事传奇。珍惜的人，自然会用自己的方式来记取。书写和摄影，应该说一直都是阿 Sam 的记取方式，从那个叫作"阿

Sam 的午夜场"的博客开始，或者更早。他从人人都在玩博客的年代走过来，带起一众像情人一样的粉丝，多年来不离左右。我想，除了那种视为生活一部分的坚持，更重要的是他对生活的热爱和不朽的情怀。因为这种热爱和情怀，他才可以做到一张照片、一句话，都能引起某种共鸣，或者心有感怀。所以生活这件事，有的人擅长，有的人却未必熟能生巧。真正懂生活的人，在我看来，都是感性和真性情的人。

这个真性情的写"杂志"的阿 Sam，大多数的时候，我不叫他阿 Sam 或者 Sam，我叫他"三儿"，或者"三"。如果要把这看作某种特殊的亲密关系，也未尝不可。我时常觉得在世界的某个地方，一定有另外一个自己，某种程度上，三儿，就是另外一个我。我们拿自己的感情与人生经历做过对照，发现了很多相似重叠的部分，这种来自相同星座的特殊的相似的际遇，让我们彼此的熟稔来得分外迅速。原来你也在这里。

最初认识三儿，也是在他的博客里。后来因为工作关系有过一些仍然称不上现实的交集，直到 2006 年的 12 月 29 日在绍兴路汉源书店见了第一面。寒冷的冬天，他计划离开上海前的碰面，其实像是两个好朋友的告别——我彼时正在计划迁徙到上海。后来他"北漂"的计划没有成功，倒成全了我们在现实生活中的一份友情。

天秤座的人是缺不了友谊的。我们聚在一起吃吃喝喝的日子，每次都会顺便认识三儿身边的朋友，而每一次遇到来自天南地北的新面孔，不免让人感叹，在他的生活圈中到底还有多少我不认识的朋友在他的生活中扮演着温暖的角色。我们都是漂泊在异乡居无定所的人，交朋友这件事情，在我看来可以理解为一种很好的生存技能。这种技能成全了三儿那些不太困难的旅行——恰恰是我的对立面，同时也在某种程度上抵消了生活的孤独感。他在上一本书里用隐性的笔触所写的那些友情与爱，在这一本书里，则凸显了出来。在那个名为《狐朋狗友》的章节里，他们都走到了台前。

这个时候，那些我参与过和没有参与过的他的生活，便以更为立体的方式呈现出来。我们没有一起旅行过，甚至都没有在他城相遇过，但他在世界的不同角落寄明信片给我，他从不同的旅途中带回礼物给我，所以在他记录的旅行中，那些藏在字里行间具体而微的情感关系，对我来说，都是熟稔的，是"对啊，这就是他的生活状态"的熟稔。长岛冰茶、抽一支烟、深夜食堂、挂上耳机孑然的身影、FREITAG（一个环保袋品牌）邮差包……我有很多的符号，来建立对三儿的辨识。他是那只飞不厌倦的鸟。

而这个时候，我们是两个相反的人，他在这样不知疲倦的一次次外出中寻找到自我的存在感，而惧怕旅行的我，让生活在静止中默默进行着。我时常觉得，我是在借由朋友们的旅行兜转来看世界的风光。这样也好，由最了解彼此的朋友，去了解自我之外的世界。因为我们只能在有限的时间与空间里存在着，所以我们这一段人生路总是在挑拣筛选、衡量判断，不过是要找到适合自己的价值体系。欣慰的是，我渐渐看到了三儿驾轻就熟的那种人生姿态，从我们每个人都会经历的束缚中走出来，越来越轻松和自由。这种释然，就像在看着一个小朋友学自行车时的摇晃跌撞，从握着手心里的一把汗，到摊开双手为他鼓掌。

三儿，我们都是感性得要命的天秤座，虽然没有像你的其他朋友一样彼此有很多的交集，但我很喜欢这种情感，看起来如同冬天里的一杯透明冰水，喝起来却有着恰到好处的温度。

一切都会更好。

文林，四川人，杂志编辑
著有《那些我睡过的床》
2012 年 8 月 3 日　东京

2

旧年华
的
午夜场

26岁那年,我在广州做一本杂志,打工的生活,每天朝九晚五,就算坐到了主编的位置,每天还是要面对琐碎的工作事务。那年有一天,初夏,我在下午6点准时下班,天有小雨,我背着随身的包,想着直接回家不好,去看电影也不好,于是径直跑到了客运站,买了一张夜班车票,票面上的目的地是厦门。坐上车,长途巴士8个小时,第二天到达厦门。更换的衣服没带,洗漱用品没带,就连手机充电器都没带,只是下了班,感觉像坐上了回家的车,坐了漫长的8个小时,到达另外一座不属于自己的城市,但有好奇感、有朋友、有海、有阳光。

大概会有很多人如我年轻时那般,率性、随意、不拖泥带水、想上路就上路。而这么多年来，杂志朝九晚五的工作不再做了，自由职业的生活让这种任性得以持续。

阿Sam，我想我们俩都具有这样的脾性，谈不上是自私的劣根性，还是不负责任的散漫属性，即便不能长年累月在飘荡，也希望能在想走时就走，想回时就回。

这就是热爱旅行的佐证。说到旅行，少年时我们都渴望梦幻般的越南，而后越南去过了，东南亚走遍了，再经历漫长的飞行到更远的地方，每每从缺氧般的通宵班机降落到地面，脚踏在另一片未有预料的土地上时，所有疲累就又立即消散，取而代之的是对陌生的好奇和亢奋。

认识阿Sam并非两三年，我们虽不常常相见，但那些年也偶尔看看彼此的博客。我看他日复一日地在他的"阿Sam的午夜场"上书写日常，书写他的离开和到达，书写他在城市里的每一个停落，书写一杯咖啡的感恩，书写番禺路五楼的细碎，拍拍照，矫矫情。他从不显山露水的路途，使我压根儿不清楚今日他在哪个国度与哪个旅人喝着烈酒，明日又会在哪座城市与哪片大海拍着合影。这样倒数着倒数着，年龄越来越大，走过的地方越来越多，直到有一天，他突然给我捎来一本名叫《去，你的旅行》的书，里面洋洋洒洒述说了他那些年路上的遭遇。套用他在书的扉页上给我的赠言，他也是从武汉到上海，从上海到世界，在路上拍着美好的照片，在行走间斩获经历。"度日月，穿山水"，一秒不消停，无虚耗。

这样多少是让人嫉妒的。谁不想做着一份并不担忧收入的工作，自由又有着小小的散漫，有足够多的时间花在旅途上，想独自旅行的时候便随时上路，想去另一座城市探望久违的 ×× 时，也无须担心若是既定的时间，恐怕遇不见。

这就是，当有人被一套高价房奴役的时候，有人已经驶过无以度量的海岸线；当有人憋屈在方寸办公隔板间的时候，有人已经跟深海游鱼潜过多少日子；当有人沉迷在一套热门网络游戏里的时候，有人已经将年华拓印在潇洒无度的世界地图上，宽宽广广；当有人在不知疲累地奔赴时尚派对觥筹交错的时候，有人已经将万千风景书写成一本完整的成长记忆。

这一次的"阿 Sam 的午夜场"，放映的是不是我们都期待的那场内心戏？为了有所印证，夜再深，也要把那些旧事新说给好好读完吧。

编号 223，摄影师

2012 年 7 月 31 日 北京

Afterword Three

3

转瞬，
七年之痒

　　他总是一脸严肃，还特别认真地看着你，静静地听你说话，眉头拧成一个疙瘩，一言不发；转瞬，他就能直接给你一个措手不及的哈哈大笑，笑成一朵开不败的木兰花。

　　第一次见到阿 Sam 君，真和那个著名的"午夜场"对不上号。

　　我说过我最不会写人，写出来的人真是让正主都认不出来是在写他自己。但，我只想说，这就是我认识的那个人，那个在别人眼中有点不一样的阿 Sam 君——在别人眼里，他有太多细节值得推敲；可在我这里，却显得粗枝大叶，不着边际地留下一点点痕迹，深刻得很。

不想从头回忆，但一想起来，哎！认识此君已近七年。这"七年之痒"尽在眼前浮沉。

初识此君，我和他的粉丝一样，先从"午夜场"开始。那时我们都还是"彼间（笔尖）少年"，为一点心动的小情绪就要伤春悲秋，几句暧昧到极致的话语，配上一张静谧到可以听到呼吸声的图片，就能勾出所有观者的眼眶欲望。不同的是，我们之间有亲密伙伴连线，我算不得粉丝，也不求会面。

但就是那么容易且直接地在 2005 年的初秋面对面了，阿 Sam 君来北京做自己的个人摄影展，我自告奋勇去接站。从火车上走下来一个"少年老成"的男生，自信中略显羞怯。也就是那时，他在我不经意间为我留下了一张我至今最爱的黑白照片。

彼时，那 3 天个展波折不断，都成了后来我们欲说还休的美好小插曲。临别时，我看到他偷偷地湿了眼眶，却没让更多人发现。

阿 Sam 君并不总是掩饰自己的善感。其实每一次真情流露的时候，总是在酒后微茫时分。一次上海相逢，一群相熟不相熟的朋友酒过三巡之后，我俩意犹未尽，一番周折之后，我俩在一个逼仄的房间里继续喝了一整瓶红酒，那是我俩最深的一次促膝长谈，聊到天蒙蒙亮，所有感情的事都发泄在酒杯碰撞之间，唏嘘都是"嗜酒动物"之余，更多是对此君酒后真情的感慨，接着我们更是吐了个天昏地暗，然后约定过好自己的明天。

我们有了属于自己固定的朋友圈班底——一起走在大街上，横扫一大片；一起拿起随身的相机拍下各种细节，虽然自认都没有他拍得美，却嘴上不服输；一起把酒言欢，直到夜深人静只有我们这一小群还在喧嚣着；一起笙歌到天明，20 世纪 70 年代、80 年代、90 年代到 00 年代的小调通通唱一遍；一起吃下午茶说个不停，一起街拍玩闹，一起看书不说话……

七年，转瞬即逝。我们都已经不再是从前的"彼间少年"，人越老越知命之贱。

幸好，阿 Sam 君从没有轻言放弃过自己的坚持，当我们都为工作生活奔波得像狗一样的时候，他依然固定地计划好自己一年的出游计划，然后一一实现；当我们都放下了手中当初因为他带动起来"随手拍"摄影风潮的数码相机，他依然坚持"旅行的意义"，不断带回来路上的好风景。

总是在远处注视着一个人，看久了就成了一道风景，无论这道风景是阴晴圆缺还是阳光灿烂，我都晓得，这段风景就是每个人每段时光躲不开的一段经历，然后结集成册，收入自己的人生记忆库。阿 Sam 君这道风景，于人总是有很多细节，于我还是粗枝大叶。但人生之路，彼此都会成为另一个人的风景，挥之不去。

"平淡"是他的习惯，不在一堆人中成为最显眼的那一个，却在暗中观察着每个人的小细节，然后成为书中他不放过的"星座印象"。"不凡"是这个"坚持少年"最可贵的品质。一时做一件事容易，一世都在为一件事努力坚持，我们才会羡慕嫉妒恨。

是，七年时间不短，但怎么说我都还未细细"品读"过这位老友，他的平淡与不凡，也值得你从他的这本书中慢慢品读。

宣谣，媒体人
2012 年 8 月 8 日 北京

图书在版编目（CIP）数据

趁，此身未老 / 阿 Sam 著 . —长沙：湖南文艺出版社，2019.1

ISBN 978-7-5404-8866-6

Ⅰ.①趁… Ⅱ.①阿… Ⅲ.①散文集—中国—当代② 杂文集—中国—当代 Ⅳ.① I267

中国版本图书馆 CIP 数据核字（2018）第 229598 号

上架建议：畅销文学｜旅行

CHEN, CI SHEN WEI LAO

趁，此身未老

作　　者：阿 Sam
出 版 人：曾赛丰
责任编辑：薛　健　刘诗哲
监　　制：毛闽峰　李　娜　刘　霁
特约策划：由　宾　曹伯丽
特约编辑：邱培娟
营销编辑：杨　帆　周怡文　刘　珣
封面设计：尚燕平
版式设计：梁秋晨
封面摄影：[美] Jillian Guyette
头像绘制：Tommy
项目策划：杜　娟
版权支持：凌　立
出版发行：湖南文艺出版社
　　　　　（长沙市雨花区东二环一段 508 号　邮编：410014）
网　　址：www.hnwy.net
印　　刷：北京中科印刷有限公司
经　　销：新华书店
开　　本：880mm×1270mm　1/32
字　　数：189 千字
印　　张：9
版　　次：2019 年 1 月第 1 版
印　　次：2019 年 1 月第 1 次印刷
书　　号：ISBN 978-7-5404-8866-6
定　　价：45.00 元

若有质量问题，请致电质量监督电话：010-59096394
团购电话：010-59320018